Manfred Röder
Der Lebber

Von Manfred Röder sind bisher erschienen:

Abrechnung – Abgefischt
Schneckentänzer
Offene Rechnung
Obolus
Markolwes
Wer der Katz die Schell anhängt
Das Vermächtnis der Mona Seelbach

Manfred Röder, Jahrgang 1951, war lange bei einer Kommunalverwaltung beschäftigt. Zuletzt leitete er die Ordnungs- und Sozialabteilung.
2011 erschienen seine ersten Romane um das Ermittlerduo Ulla Stein und Christoph Leyendecker.
Manfred Röder lebt mit Frau und Kater in seinem Geburtsort Hachenburg im Westerwald.

MANFRED RÖDER

DER LEBBER

Ein Westerwaldkrimi

Bibliografische Information der Deutschen Nationalbibliothek. Die Deutsche Nationalbibliothek ver-
zeichnet diese Publikation in der Deutschen Natio-
nalbibliografie; detaillierte bibliografische Dateien
sind im Internet unter http://dnb.dnb.de abrufbar.

Herstellung und Verlag:
BoD – Books on Demand, Norderstedt

ISBN: 978-3-7519-7911-5

Vor mehr als zwanzig Jahren
Koblenz, Karmeliterstraße

Der Angeklagte stand reglos da. Sein Gesicht sah aus, als sei es aus Stein gemeißelt. Lediglich in seinen dunklen Augen glomm ein wildes Feuer.

„... und so war der Angeklagte zu einer lebenslangen Freiheitsstrafe zu verurteilen."

Erst als der Vorsitzende diese Worte sagte, zeigte der junge Mann so etwas wie eine Regung. Über sein Gesicht glitt ein spöttisches Lächeln, und es war, als habe er leicht mit den Achseln gezuckt. Er sprach kein einziges Wort. Als die Wärter kamen, ließ er sich widerstandslos fortführen.

Vor ein paar Wochen

Die Übertragung war nicht besonders deutlich auf dem Bildschirm des Laptops zu sehen. Es waren so an die hundert Personen zu erkennen. Die meisten trugen dunkle Anzüge oder Kostüme. Zwischen den Anwesenden wuselten Kellner, die Tabletts mit Sekt vor sich trugen und jedem Anwesenden ein Glas reichten. Sitzgelegenheiten gab es keine. Wie es schien, befand man sich in einer Art Höhle, die aber wohl vor langer Zeit von Menschenhand in den Fels gehauen worden war. Irgendwie wurde man an eine alte Religionsstätte erinnert. Alles war hell erleuchtet. Es war das leichte Surren von Generatoren zu hören, die für die für Strom und frische Luft sorgten.

Die Augen der Anwesenden waren nach vorn auf einen Mann gerichtet, der hinter einem steinernen Tisch stand, auf dem so etwas wie ein alter ritueller Dolch lag.

„Sehr verehrte Damen und Herren." Der Mann sprach in englischer Sprache. „Ich darf Sie hier und an den Bildschirmen in der ganzen Welt herzlich zu unserer jährlichen Zusammenkunft willkommen heißen. Vorab möchte ich Ihnen mitteilen, dass unsere Loge wieder sehr erfolgreich war. Dies liegt an der guten Zusammenarbeit unserer Mitglieder. Aber vergessen wir nicht, dass wir das hauptsächlich dem Segen des Sohns der Sonne zu verdanken haben. Er schenkt uns sein Wohlwollen, seit wir das Symbol seiner Macht in unseren Händen halten. Wie in jedem Jahr wollen wir uns zunächst an seinem Anblick erfreuen.

Zwischen den Anwesenden bildete sich eine Gasse, und man zerrte eine Ziege nach vorne. Der Redner ging mit zwei anderen Männern in den hinteren Teil der Höhle, wo eine Stahltür eingelassen war, die allerdings aus der Neuzeit stammen musste, erinnerte sie doch an die Tür eines hochmodernen Banktresors. Die drei Männer steckten jeweils einen Schlüssel in die vorgesehenen Schlösser und drehten sie nach links. Dann stellte sich der Vorsitzende vor eine Tastatur und gab eine Zahlenkombination ein. Die Tür öffnete sich, und die drei Männer schritten in den Raum dahinter. Kurz darauf waren aufgeregte Rufe zu hören. Das Licht flackerte, und der Bildschirm erlosch.

Kapitel 1

Wie in Zeitlupe fiel das Messer in Richtung Küchenboden. Leyendecker konnte gerade noch den Fuß zurückziehen, ehe es mit der Spitze noch vorne scheppernd auf den Fliesen landete und eine hässliche Furche hinterließ.

Schmeling schreckte hoch. Dann hörte man nur noch den Knall der Katzenklappe,. und der rote Kater war verschwunden.

Leyendecker hob das Messer auf und hätte es am liebsten in eine Ecke geworfen. Aber das Messer, das sie vor einigen Jahren in Toledo, der ehemaligen spanischen Hauptstadt, die ja schon immer bekannt für die Klingen aus Damaststahl war, gekauft hatten, konnte ja nichts dafür, dass er noch nicht einmal in der Lage war, ohne Probleme die Zwiebeln für das Gulasch zu schneiden.

Die Scharte, die sich das Messer bei dem Aufprall zugezogen hatte, konnte man sicher problemlos ausbessern. Ein Messer- und Scherenschleifer kam regelmäßig auf den Parkplatz eines Hachenburger Supermarktes.

Leider nicht so problemlos war es, Leyendeckers Schulter wieder in einen gebrauchsfähigen Zustand zu versetzen.

Es war nun schon lange her, dass Christoph Leyendecker, der Leiter der hiesigen Polizeiinspektion, bei der Befreiung einer Geisel niedergeschossen worden war, und sich schwerste Verletzungen zugezogen hatte. Das hatte ihn schließlich zu einer Odyssee durch verschiedene Kliniken und Reha-Einrichtungen geführt. Man hatte ihn inzwischen so einigermaßen wieder zusammengeflickt. Zu den alten Narben von den Schussverletzungen in der Abteikirche Marienstatt hatten sich einige neue hinzugesellt. Die schmerzten zwar hier und da, wenn sich das Wetter änderte. Aber das war zu ertragen. Nur die rechte Schulter bereitete ihm nach wie vor Schwierigkeiten. Die Ärzte hatten sich geweigert, ihm wieder seine volle Einsatzfähigkeit zu bescheinigen. Sie könnten nicht gewährleisten, dass er jederzeit seine Dienstwaffe ordnungsgemäß gebrauchen könnte. Er könne seine Tätigkeit allerdings wieder aufnehmen, wenn er sich bereit erkläre, lediglich Innendienst zu verrichten, ansonsten stelle er eine Gefahr für seine Kollegen dar. Hierzu war Leyendecker nicht bereit gewesen, hoffte er doch noch immer, dass sich das irgendwann einmal ändern werde. Einer der vielen Ärzte hatte ihm nämlich etwas von einer *Frozen Shoulder* erzählt, die sich irgendwann ganz plötzlich wieder bessern würde. Aber es tat sich wenig, und er verlor so langsam die Geduld. Man verschrieb ihm immer neue Anwendungen, egal ob es sich um Massagen oder Krankengymnastik handelte. Es besserte sich nichts.

„Hallo Ulla. Wir haben gerade eine kurze Pause. Starck meinte, er sei völlig unterzuckert und müsste unbedingt etwas essen. Er hat noch ein Stück Fleischwurst im Kühlschrank liegen. Da wollte ich mich kurz erkundigen, wie es Christoph geht."

Ulla Stein sah den riesigen Streifenpolizisten an, der gerade ihr Zimmer bei der Polizeiinspektion Hachenburg betreten hatte. Karl Berger, der von allen nur Karlchen genannt wurde, war ein guter Freund Leyendeckers, mit dem er in früherer Zeit so manchen Abend in einer der heimischen Kneipen verbracht hatte.

Er war ihr und Leyendecker bei der Lösung ihrer Fälle in der Vergangenheit stets eine große Hilfe gewesen, da er so gut wie jeden Hachenburger kannte und ein wandelndes Wikipedia von Hachenburg und Umgebung war. Aber in erster Linie konnte er auch hinlangen und zupacken, was so mancher Gauner leidvoll erfahren musste.

Kriminalhauptkommissarin Ulla Stein, Leyendeckers Lebensgefährtin, war damals, genau wie Leyendecker, vom Landeskriminalamt nach Hachenburg gekommen. Sie war für die Kriminalverbrechen zuständig, allerdings nur für die leichteren Delikte. Soweit es um Mord und Totschlag ging, war sie gehalten, die Kollegen aus Koblenz zu informieren.

Zu der Zeit, als Leyendecker noch hier der Chef war, hatten sie das nicht so genau genommen und gemeinsam einige spektakuläre Erfolge erzielt.

„Wie wird es ihm schon gehen. Er ist unzufrieden und langweilt sich. Seit seine Mieterin in die Nähe ihrer Tochter gezogen ist, hat er nur noch Schmeling als Gesellschaft. Er ist unterfordert. Ihm fällt buchstäblich die Decke auf den Kopf. Da ist es kein Wunder, dass er manchmal das *Arme Deer* hat, so sagt ihr Westerwälder doch."

„So sagen wir", bestätigte Berger. „Sag ihm, er solle mal wieder unter Leute gehen. Er soll mich einfach anrufen. Einen Würfelbecher wird er ja noch mit seinem beschädigten Flügel bedienen können. Es nützt nichts, wenn er zu Hause versauert. Schmeling, das ist doch wohl einer der Kater. Ist es der graue oder der rote?"

„Es ist der rote. Der andere hieß Balboa. Der hat sich im Alter von siebzehn Jahren in die ewigen Kleintierjagdgründe verabschiedet."

„Wie dem auch sei, es wird Zeit, dass Christoph bald wieder hier erscheint. Den Wichtigtuer, den sie uns an seiner Stelle geschickt haben, war ich bereits nach einer Woche leid. Nicht auszudenken, wenn ich den bis zu meiner Pensionierung ertragen müsste."

Die Tür ging auf, und der Angesprochene betrat wie auf Stichwort das Zimmer. Vermutlich haben ihm die Ohren geklingelt, dachte Ulla. Kai Peters, der die Polizeiinspektion Hachenburg kommissarisch leitete, war etwa fünfunddreißig

Jahre alt, schlank und mittelgroß. Seine braunen Haare waren kurz geschnitten. Im Gegensatz zu Leyendecker trug er immer Uniform, die, darauf hätte Ulla gewettet, war maßgeschneidert und immer frisch gebügelt. Nach seiner Ausbildung bei der Polizei hatte er noch Jura studiert, war aber dann zur Polizei zurückgekehrt. Ulla war sich nicht so ganz sicher, ob er die Absicht hatte, im Eiltempo bei der Polizei Karriere zu machen, oder ob er sich parteipolitisch engagieren wollte, um da als Sicherheitsfachmann aufzusteigen und irgendwann einen Regierungsposten zu ergattern. Möglicherweise war für ihn ja beides eine Option. Jedenfalls war seine jetzige Tätigkeit für ihn nur eine Durchgangsstation.

Peters sah Karlchen kritisch an. „Liegt etwas an Herr Berger?"

„Nichts weiter." Berger zuckte betont gleichgültig die Achseln. Er nickte Ulla zu. „Ich bin dann mal weg. Und grüß mir Christoph." Er drängelte sich an Peters vorbei durch die Tür.

Erst als Berger Platz gemacht hatte, sah Ulla, dass Peters noch jemand im Schlepptau hatte.

Die Frau mochte etwa fünfzig Jahre alt sein. Sie war schlank, vielleicht eins siebzig groß und hatte blonde, mittellange Haare. Bekleidet war sie mit einem hellgrauen Trenchcoat, einer beigen Wollhose und einem gleichfarbigen Kaschmirpulli. Insgesamt eine elegante Erscheinung.

„Kommen Sie," bat Peters. „Nehmen Sie doch hier Platz. Das ist Frau Stein. Bei der sind Sie in guten Händen. Sie kann Ihnen sicher weiter helfen."

Ulla wartete, bis die Besucherin auf dem Stuhl vor ihrem Schreibtisch Platz genommen hatte. „Wie kann ich Ihnen helfen?"

„Mein Name ist Lisa Ortwein. Irgendwie komme ich mir etwas blöd vor. Gleichzeitig bin ich aber auch beunruhigt."

„Erzählen Sie," forderte Ulla sie auf.

„Es ist so eher ein Gefühl. Irgendetwas geht bei uns vor. Mir ist so, als würde uns jemand beobachten. Da geht abends die Außenbeleuchtung an. Die wird über Bewegungsmelder gesteuert. Ich weiß, das könnte auch ein Tier sein. Aber es ist nichts zu sehen. Mein Mann sagt, ich bilde mir das alles ein. Er weiß nicht, dass ich hier bin."

„Und sonst ist da nichts? Nur so ein Gefühl?"

Lisa Ortwein schüttelte den Kopf. „Ich weiß, das klingt hysterisch."

Ulla war sich darüber im Klaren, dass sie der Frau wohl kaum weiterhelfen konnte. Aufgrund eines vagen Gefühls war ein größerer Polizeieinsatz nicht gerechtfertigt. Zwar musste die Polizei nach Möglichkeit präventiv tätig werden, aber dies war eher theoretisch. Meist konnten sie nur eingreifen, wenn bereits etwas geschehen war. „Vermutlich gibt es eine harmlose Erklärung", beschwichtigte sie. „Trotzdem werden wir Ihre Gegend öfter einmal abfahren. Aber Sie werden verstehen, dass ich aufgrund eines bloßen Ge-

13

fühls nicht mehr für Sie tun kann. Wir bräuchten da doch etwas Konkretes. Aber bleiben Sie trotzdem aufmerksam. Wenn irgendetwas sein sollte, zögern Sie nicht, die 110 zu wählen."

Frau Ortwein wartete. Man merkte ihr an, dass Ullas Antwort sie nicht zufriedenstellte. Schließlich erhob sie sich doch und verabschiedete sich.

Als die Frau gegangen war, rief Ulla Berger auf seinem Handy an. „Seid ihr noch im Haus?", fragte sie, als Karlchen sich meldete.

„Nein", antwortete der, „Starck hat seinen Hunger gestillt. Wir sind wieder unterwegs, aber wir können miteinander reden. Starck fährt."

„Sagt dir Ortwein in der Freiherr-vom-Stein-Straße etwas."

„Ist mir bekannt. Was ist mit dem?"

Was frage ich, dachte Ulla. Karlchen kennt doch jeden. „Seine Frau war hier. Es ist nichts Bestimmtes. Sie sagt, sie fühle sich beobachtet. Vermutlich ist da nichts. Aber fahrt bitte öfter mal die Gegend ab. Sag auch den Kollegen von der Nachtschicht bescheid."

„Alles klar, Ulla. Aber unter uns gesagt, passieren kann da nichts. Das Haus ist besser gesichert als Fort Knox. Zumindest nehme ich das an. Der hat eine wertvolle Kunstsammlung. Teile sollten mal in der Stadthalle ausgestellt werden. Das ist daran gescheitert, dass die Versicherung enorme Sicherheitsvorkehrungen forderte. Das war der Stadt dann doch zu teuer. Soweit mir bekannt ist, handelt er auch mit Kunstgegenständen."

Leyendecker hatte das Gulasch schließlich doch noch hinbekommen und einen Teil mit ein paar Nudeln zu Mittag gegessen. Aber es blieb noch genug für Ulla, die es sich am Feierabend wieder aufwärmen konnte.

Zwar war er, bis auf die Probleme mit seiner Schulter, weitgehend wieder hergestellt, aber er war konditionell noch nicht wirklich fit. Allerdings war es auch vor seiner Verletzung damit nicht weit her, war er doch dem Dienstsport stets aus dem Weg gegangen. Aber inzwischen hatte er sich ausgiebige Spaziergänge angewöhnt. Als Nächstes wollte er dann zum Joggen übergehen, aber das schob er immer wieder vor sich her. Diesmal war am Tretbecken vorbei über Gehlert gegangen. Der Heimweg führte ihn dann über die Lange Schneise, die er kurz nach Überquerung der Steinebacher Straße verließ. Über den Hebeberg und die Bergstraße ging sein Weg zurück ins Dorf. So dachte er immer noch. Altstadt, der jetzige Stadtteil von Hachenburg, war früher ein selbstständiges Dorf gewesen. Gegen Ende der Bergstraße, kurz bevor die auf die Steinebacher Straße trifft, lag ein altes, kleines Häuschen, das schon jahrelang nicht mehr bewohnt war.

Diesmal glaubte Leyendecker, trotz der ziemlich verdreckten Fenster, darin eine Bewegung wahrgenommen zu haben. Neugierig trat er nä-

15

her. Er wusste schon, dass er da nichts zu suchen hatte, zumal er sich nicht im Dienst befand. Aber wen sollte das schon kümmern, wenn er sich das einmal näher besah. Er spähte durch eins der kleinen verwitterten Holzfenster, konnt aber nicht viel entdecken. Die Scheiben waren zu schmutzig. Lediglich die Spinnweben waren deutlich zu erkennen. Soweit er sehen konnte, waren die Tapeten weitgehend abgerissen. Beim Fußboden fehlten einige Holzdielen.

Ein Fensterflügel schien erstaunlicherweise von Spinnweben verschont geblieben zu sein. Als er leicht dagegen drückte, gab dieser zu seiner Überraschung nach und öffnete sich nach innen. Leyendecker reckte Kopf und Teile des Oberkörpers durch die Öffnung, um so besser sehen zu können. Er wusste nicht, was ihm da geschah. Er spürte plötzlich eine Faust im Nacken, die ihn am Kragen packte und ihn durch das schmale Fenster nach innen zerrte. Leyendecker war beileibe kein Leichtgewicht. Aber man zog ihn scheinbar mühelos durch die Öffnung. Er war so überrascht, dass er kaum Widerstand leistete und sich plötzlich auf dem Boden im Inneren des Gebäudes wiederfand.

Leyendecker wollte sich aufrichten, aber kräftige Hände drückten ihn nach unten. Er spürte, wie etwas um seine Handgelenke geschnürt wurde. Dann zerrte man ihn in eine sitzende Position. „Was fällt Ihnen ein?“, zeterte er. „Das ist Freiheitsberaubung.“

Leyendecker sah sich einem Mann gegenüber, der etwa vierzig bis fünfzig Jahre alt war. Er hatte dunkle, gelockte Haare und Ansätze von Geheimratsecken. Er war wohl etwas kleiner als Leyendecker, aber er schien weitaus fitter zu sein. In seinen Bewegungen konnte man Kraft und Beweglichkeit erkennen. So bewegte sich ein Kampfsportler.

Bekleidet war er mit einer dunklen Jeanshose, einem T-Shirt und einer ebenfalls dunklen Jeansjacke. Seine auffälligsten Merkmale waren die dunklen Augen und die etwas schiefe Nase. Offensichtlich war die einmal gebrochen gewesen. Aber er sah trotzdem recht gut aus. Sie gab den sonst regelmäßigen Gesichtszügen etwas Verwegenes. Es gab ja auch einen französischen Schauspieler, der mit gebrochener Nase ein ausgesprochener Frauenliebling gewesen war.

„Stell dich nicht so an", sagte der Mann leichthin. „Du bist hier eingedrungen. Brauchst du dafür nicht einen Durchsuchungsbeschluss? Oder hat sich das inzwischen auch geändert?"

„Kennen wir uns?", fragte Leyendecker. „Dieses Gebäude ist seit Jahren unbewohnt, und ich glaubte, irgendwas gesehen zu haben. Da wollte ich mich lediglich vergewissern. Ich nehme an, dass Sie sich illegal hier aufhalten?"

„Ob wir uns kennen? Wenn, dann eher flüchtig. Aber da wo ich herkomme, liest man auch Zeitung. Und wer sagt Dir, dass ich mich illegal hier aufhalte."

Das kleine Häuschen hatte schon länger leer gestanden. Aber Leyendecker erinnerte sich noch an das ältere Ehepaar, das hier gewohnt hatte. Zuerst war der Mann gestorben, vor ein paar Jahren dann die Frau. So ganz dunkel erinnerte er sich, dass in seiner Jugendzeit ein Enkel bei Ihnen gelebt hatte. So langsam dämmerte ihm, wen er da vor sich hatte. Dieser Enkel war immer ein wildes Kind gewesen, unbändig und voller Zorn, sodass er frühzeitig nur der Lebber genannt wurde.

Auch als Leyendecker von Hachenburg weggezogen war, hatte er die Heimatzeitung weiter bezogen. Darum wusste er, dass besagter Enkel später das Boxen begonnen hatte. Er wurde recht früh Profiboxer. Sein Stil war wild und ungestüm und er hatte durchaus Erfolg. Die Zeitungen nahmen seinen Spitznamen nur allzu gerne auf und zogen gerne Parallelen zu dem Film „Wie ein wilder Stier" mit Robert De Niro, der vom Leben des Boxers Jake LaMotta handelte. Schlagzeilen wie **Der Lebber eilt von Sieg zu Sieg** waren an der Tagesordnung. Es war wohl kurz vor seinem ersten Kampf um die deutsche Meisterschaft im Halbschwergewicht gewesen, als man ihn wegen Mordverdachts verhaftete und später auch verurteilte. Er sollte eine Frau getötet haben.

Da Leyendecker nicht mehr in Hachenburg wohnte, hatte er sich nicht weiter mit dem Fall befasst. Er wusste lediglich, was in der Zeitung gestanden hatte. „Lebber, bist du das?", fragte er ungläubig.

„Ein Lächeln ging über das Gesicht des Mannes. „Du hast mich tatsächlich erkannt." Er beugte sich herab und löste Leyendeckers Handfesseln. Dann zog er zwei klapprige Stühle heran. „Setz dich", bat er, „ich komme sofort wieder.

Er eilte kurz in ein anderes Zimmer und kam mit zwei dieser gedrungenen kleinen Bierflaschen zurück, die er mit den Zähnen öffnete. „Trink ein Feldhuhn mit. Es ist zwar nicht richtig kalt, der Strom ist abgeklemmt. Aber man sagt ja, dass ein gutes Bier auch warm schmeckt." Er stieß mit Leyendecker an.

Leyendecker wusste nicht so recht, wie er das Gespräch führen sollte, aber das brauchte er nicht, denn sein Gegenüber hatte offenbar das Bedürfnis, mit jemand zu reden.

„Ich weiß ja nicht, inwieweit du mit meinem Fall vertraut bist. Vielleicht wäre alles ganz anders gekommen, wenn du damals schon der Chef der Hachenburger Polizei gewesen wärst."

„Viel weiß ich nicht, ich weiß nur; dass du wegen Mordes verurteilt wurdest. Du willst doch wohl nicht sagen, dass du unschuldig warst. Da bist du nicht der Einzige."

Der Lebber winkte ab. „Ich weiß, das sagen viele. Das spielt auch jetzt keine Rolle mehr. Ich habe die Tat nie zugegeben. Deshalb wurde ich auch erst vor einigen Tagen aus dem Gefängnis entlassen. Uneinsichtig nennen die das wohl.

Dass ich keine Reue zeige. Was sollte ich bereuen. Das Einzige, was ich mir vorwerfen muss, ist Naivität, man kann auch sagen große Dummheit. Ich habe diese Frau geliebt, aber ich habe sie nicht umgebracht. Wie dem auch sei, ich habe meine Strafe abgesessen. Das ist jetzt alles Schnee von gestern."

„Hast du denn mal versucht, ein Wiederaufnahmeverfahren zu erreichen?"

„Das hat mein Verteidiger mehrfach probiert. Nichts ist dabei herausgekommen. Ich habe mich damit abgefunden. Reden wir nicht mehr davon. Der Schuldige wird sich wohl kaum freiwillig melden."

Leyendecker wusste nicht, was er von den Ausführungen seines Gegenübers halten sollte. Aber was kümmerte ihn ein alter, abgeschlossener Fall. Oder vielleicht doch? Hatte er soviel Langeweile?

„Wohnst du jetzt hier?, erkundigte er sich. „Du warst ja vermutlich der einzige Erbe."

„Wahrscheinlich schon. Meine Großeltern hatten wohl auch ein Sparbuch. Aber ich habe nie einen Erbschein beantragt. Wahrscheinlich hätte man mir doch alles abgenommen. Du weist schon, Schadensersatz und so."

„Ich nehme an, du wohnst nicht offiziell hier?"

„Ich habe ein Zimmer in einem Wohnheim in Koblenz. Dafür hat mein Bewährungshelfer gesorgt. Aber ich bin die meiste Zeit hier. Vielleicht aus alter Sentimentalität. Nenn es, wie du willst. Hier habe ich Platz und meine Ruhe. Ich war lange genug mit vielen Menschen auf engstem Raum. Und das waren nicht immer die Angenehmsten."

Leyendecker erhob sich und reichte dem Lebber die leere Flasche. „Ich muss dann mal wieder. Vielleicht sieht man sich ja noch mal." Er ging in Richtung Haustür.

„Die ist noch zu. Sie hat ein besseres Schloss als die Fenster. Öffnen kann ich es nicht. Du müsstest schon die Tür aufbrechen."

„Hat man dir nicht beigebracht, wie man ein Schloss öffnet? Das solltest du doch im Gefängnis gelernt haben. Soll das heißen, ich muss aus dem Fenster krabbeln?"

„Dieser Fortbildungskurs wurde im Gefängnis nicht angeboten, obwohl es da viele begabte Kursleiter gegeben hätte. Es bleibt dir wohl nichts anderes übrig. Stell dich hier auf den Stuhl. Ich helfe dir. Wenn du willst, lass dich noch mal hier sehen. Klopf einfach ans Fenster."

Als Leyendecker nach Hause ging, überlegte er, wie der Lebber eigentlich mit bürgerlichem Namen hieß. Dann fiel es ihm wieder ein. Er hieß Rudi, Rudolf Herz.

Nadine joggte ziemlich regelmäßig. Meist ging es der Nister entlang. Manchmal zum Kloster Marienstatt oder weiter bis zur Nistermühle und zurück. Manchmal Richtung Limbach und dann entlang der Kleinen Nister. Aber meist lief sie die Strecke bis zum sogenannten Deutschen Eck, wo die Kleine in die Große Nister mündet. Das war auch heute ihr Ziel. Es war kein so schöner Tag, man merkte, dass der Herbst bevorstand. Die Tage wurden spürbar kürzer und nachts war es doch deutlich kälter. Es war trübe, und einzelne Nebelschwaden trieben über dem Wasser des kleinen Flusses.

Das Monstrum stand immer noch da. Nadine hatte den alten Lkw schon die letzten beide Male dort stehen sehen, aber es schon wieder vergessen. Ein alter sandfarbener Magirus. Er schien zu einer Art Wohnmobil umgebaut zu sein. Man hatte das Fahrzeug einfach so hier abgestellt. Jetzt fiel ihr auch auf, dass die Nummernschilder entfernt worden waren. Hatte hier irgendjemand seinen Lkw entsorgt? Bei den heutigen Metallpreisen hätte er doch sicher noch etwas dafür erhalten, wenn er ihn ordnungsgemäß verschrottet hätte. Irgendwie ging etwas Bedrohliches von dem klobigen, schweren Fahrzeug aus. Bisher hatte Nadine das nicht so empfunden, heute aber schon. Sie fühlte sich unwohl. Irgendetwas stimmte hier nicht.

Sie spähte, ob sie vielleicht jemand sehen könnte. Aber das Führerhaus schien unbesetzt, Sie traute sich aber nicht, näher zu treten und vielleicht gegen die Tür zu klopfen. Aber irgendwer musste sich doch darum kümmern. Vielleicht die Müllabfuhr. Aber es war vermutlich sinnvoll, zunächst einmal die Polizei zu informieren. Sollten die das Notwendige veranlassen.

„Hier muss es doch irgendwo sein", meinte Starck.

„Fahr rechts ran, da vorne, da steht er", sagte Berger. Er stieg aus dem Streifenwagen. „Ich schau mir das mal an. Du sicherst mich." Vorsichtig näherte er sich. Irgendwie erinnerte der Truck ihn an die Begleitfahrzeuge der Rallye Paris Dakar. Ein wuchtiges sandgelbes Fahrzeug mit schweren, grobstolligen Reifen. „Hallo!", rief er. „Hier ist die Polizei!"

Aber er erhielt keine Antwort. Nichts rührte sich. Er umrundete den LKW, versuchte in eines der kleinen Fenster zu schauen, konnte aber nichts Besonderes bemerken. Er hieb kräftig mit dem Handballen gegen die Fahrertür. Er hörte Knacken und Trampeln im nahen Dickicht. Vermutlich hatte er eine Rotte Wildschweine aufgeschreckt. „Die Polizei!", rief er erneut, aber alles blieb still. Er zog am Griff der Fahrertür. Aber es war abgeschlossen.

„Soll ich einen Autoschlosser rufen?" fragte Starck.

„Die gibt es doch gar nicht mehr. Heißen die heute nicht Kfz Mechatroniker? Obwohl bei der alten Karre wäre vermutlich ein guter alter Autoschlosser angebracht. Aber die müssten wir doch eigentlich auch aufbekommen. Das sollte doch kein größeres Problem sein. Lass uns nachsehen, ob wir etwas Passendes in unserer Werkzeugkiste haben."

Berger fand einen kräftigen Draht und einen Schraubendreher. „Hiermit müsste es gehen."

Es dauerte nicht lange und die Fahrertür sprang auf. Sofort schlug ihm ein beißender, fauliger Gestank entgegen.

„Das stinkt ja fürchterlich", fand Starck, der inzwischen hinzugekommen war.

„Ich fürchte, diese Art von Gestank kennen wir doch", meinte Berger.

„Ich glaube, du hast recht", stimmte Starck ihm zu. „Sollen wir gleich die große Kapelle bestellen?"

„Ich finde, wir sollten trotzdem nachsehen. Ich hole mir mal eine Taschenlampe."

Als Karlchen zurückkam, stieg er in das Führerhaus. Er hielt sich dabei ein Tuch vor Mund und Nase. Als er ins Innere des Fahrzeugs leuchtete, konnte er so etwas wie ein kleines Apartment mit kleiner Küche und Schlafstelle erkennen.

Auf dem Fußboden lag völlig verkrümmt eine menschliche Gestalt. Er brauchte nicht näher zu treten. Die Person, die da lag, musste schon länger tot sein.

„Wir lagen richtig. Ich rufe Ulla an. Die kann die ganze Mannschaft, Spurensicherung, Gerichtsmediziner und die Kollegen aus Koblenz verständigen."

„Gleich die Kollegen aus Koblenz? Was ist, wenn es ein natürlicher Tod war?"

„Hier mitten im Wald, wo das Fahrzeug nun wirklich nicht hingehört. Aber du hast recht. Wir wollen dem Mediziner nicht vorgreifen. Ulla kann die Koblenzer ja vorwarnen. Wir bleiben hier und sperren ab."

Kapitel 2

Leyendecker hatte nicht die Absicht, tiefer in den Fall von Rudi Herz einzusteigen. Aber irgendwie war sein Interesse geweckt, und es konnte ja nichts schaden, wenn er sich kurz damit beschäftigen würde. Zeit hatte er ja nun wirklich genug. Und wer sollte etwas dagegen haben. Er konnte die Sache ja jederzeit wieder abbrechen. Etwas Beschäftigung würde ihm ganz gut tun.

Er hatte ja immer noch Zugriff auf verschiedene Polizeidateien. Er nahm seinen Laptop zur Hand und hoffte, dass wenigstens ein Teil der Informationen digitalisiert war, immerhin lag die Tat ja nun mehr als zwanzig Jahre zurück.

Nach ein paar Stunden hatte er einen recht guten Überblick gewonnen. Bei der Toten handelte es sich um eine Tanja Ortwein, die damals neunundzwanzig Jahre alt gewesen war. Ihr Mann hatte in Düsseldorf übernachtet, dort hatte er mit einer Kunsthändlerin über den Ankauf eines alten Fundstückes verhandelt. Er hatte geglaubt, seine Frau sei ihre Mutter besuchen gewesen. Als er am nächsten Tag gegen Mittag zurückkehrte, hatte er sie tot aufgefunden. Sie war erschlagen worden.

Die Reste der Tatwaffe, eine Madonna aus Muranoglas, hatte die Spurensicherung sichergestellt.

Ein Verdächtiger wurde auch schnell ausgemacht. Der Ehemann der Toten hatte alle möglichen Interessen. Neben seiner Sammelleidenschaft für seltene Kunstgegenstände managte er auch einige aufstrebende Sportler. Dazu gehörte auch der Boxer Rudolf Herz, Kampfname: der Lebber, dem eine große Zukunft vorausgesagt worden war. Dieser Rudolf Herz verkehrte häufig im Hause Ortwein. Zeugen hatten ihn auch an diesem Tag gegen Abend das Haus betreten sehen.

Zu diesen Zeugen gehörte auch Gerhard Marx, der verschiedene Hausmeistertätigkeiten für die Ortweins durchführte, der Ortwein auch immer wieder in sonstiger Weise zur Hand ging. Er war so etwas wie ein Faktotum, ein Mädchen für alles.

Die Gerichtsmediziner hatten bei der Toten Sperma und Hautreste unter den Fingernägeln gefunden, die eindeutig Rudolf Herz zugeordnet werden konnten.

In den Verhören hatte Herz zugegeben, Verkehr mit Tanja Ortwein gehabt zu haben. Dies sei aber einvernehmlich gewesen. Als er gegen Mitternacht gegangen sei, hätte sie noch gelebt. Laut Gerichtsmedizin war der Tod um ca. zwei Uhr morgens eingetreten. Dafür, dass Herz um Mitternacht das Haus verlassen hatte, konnte kein Zeuge gefunden werden. Auch hatte ihn niemand gehört, als er nach Hause gekommen war.

Ein sonstiger Verdächtiger konnte nicht ausgemacht werden. Wie es schien, wurde auch nicht allzu intensiv danach gesucht. Einbruchspuren wurden nicht festgestellt.

Der Fall stellte sich aus Leyendeckers Sicht nicht so klar dar, wie es auf den ersten Blick schien. Welches Motiv sollte Herz gehabt haben? Es gab zwar vage Vermutungen, die Frau hätte sich von ihm trennen wollen und so impulsiv, wie er nun einmal war, habe er sie während eines Wutanfalls erschlagen. Das war allerdings von der Staatsanwaltschaft nie vorgetragen worden, denn dann wäre allenfalls eine Verurteilung wegen Totschlags infrage gekommen.

Da die Motivlage doch so wackelig war, musste man doch zuerst die Frage stellen, wem der Tod Tanja Ortweins nützte. Und da brauchte man nicht lange zu suchen. Sie hatte ein beträchtliches Vermögen geerbt. Ihr Vater besaß eine Metallbaufirma mit etwa hundert Beschäftigten, die nach seinem Tod für mehrere Millionen verkauft worden war. Tanja Ortwein und ihre Mutter erbten zu gleichen Teilen. Nachdem die Mutter kurze Zeit später verstarb, erbte Tanja Ortwein alles inklusive des Privatvermögens ihrer Mutter.

Bernd Ortwein war auch nicht unvermögend, aber seine Kunstleidenschaft verschlang jede Menge Geld, zumal er sich nur selten von dem Erworbenen trennte. Seine Tätigkeit als Sportmanager konnte nicht so viel einbringen, zumal die von ihm Vertretenen alle am Anfang ihrer Karriere standen.

Spontan wäre Ortwein also Leyendeckers Hauptverdächtiger gewesen. Aber der hatte nun mal ein Alibi. Wie die Ermittlungen ergeben hatten, übernachtete er tatsächlich in einem Hotel in Düsseldorf. Aber es wäre wohl kein Problem gewesen, im Hotel einzuchecken, und dann das Hotel unbemerkt zu verlassen. Die Fahrt hätte vielleicht eineinhalb Stunden gedauert. Überwachungskameras des Hotels und der Tiefgarage waren nicht überprüft worden. Das hatte man für nicht erforderlich gehalten, da sich eine Augenzeugin gemeldet hatte. Die besagte Kunsthändlerin hatte Ortwein für diese Nacht ein lückenloses Alibi gegeben. Sie hatten die Nacht gemeinsam auf dessen Hotelzimmer verbracht. So hatte man diese Spur nicht weiter verfolgt.

Ulla traf vielleicht zwanzig Minuten nach Bergers Nachricht ein. Sie hatte schon die Kollegen von der Spurensicherung und den Gerichtsmediziner informiert. Sie würden wohl noch etwas warten müssen, da die eine längere Fahrzeit hatten.

Der Fundort war bereits weiträumig mit rotweißem Flatterband abgesperrt. Ulla musterte den Truck von allen Seiten. Die Tür zur Fahrerkabine stand noch offen. Ulla hätte zu gern einen Blick ins Innere geworfen, wollte sich aber nicht wieder dem Vorwurf der Spurensicherer aussetzen, sie hätte den Tatort kontaminiert. Egal ob es nun wirklich ein Tatort war, sie wollte nicht unnötig den Zorn der Kolleginnen und Kollegen in den weißen Ganzkörperanzügen auf sich ziehen. Es blieb ihr also nichts anderes übrig, als untätig zu warten.

„Hast du gesehen, wer es ist?", erkundigte sie sich bei Berger.

„Ich habe nur eine Gestalt dort liegen sehen. Kein Zweifel, dass die Person tot ist. Soweit ich erkennen konnte, war es ein Mann. Aber mehr kann ich auch nicht sagen."

„Schade, dann werden wir uns wohl gedulden müssen. Der LKW erinnert mich an verschiedene Fahrzeuge, die ich bei dem jährlich stattfindenden Globetrottertreffen in der Nähe der Grillhütte gesehen habe. In diesem Jahr ist es ja ausgefallen."

„Da sagst du was. Es könnte tatsächlich sein Fahrzeug sein."

„Du redest in Rätseln, Karlchen."

„Verzeihung, wir haben doch hier in Hachenburg auch so jemanden, der um die Welt reist. Der veröffentlicht doch in diesen Neuen Medien, du weißt schon, Facebook und so. Er hat durchaus einige Follower. So nennt man die wohl, die sich seine Beiträge ansehen. Ich habe mir das hier und da angesehen. Er finanziert seine Reisen, indem er verschiedenes Outdorzubehör anpreist, Kleidung, Werkzeug und so weiter. Er war zuletzt in Südamerika unterwegs. Ich weiß nicht genau, vielleicht war es Chile oder Peru. Ich habe hier und da mal bei ihm reingesehen. Ich glaube, er musste die Reise abbrechen, als dieses Virus den ganzen Planeten lahmlegte. Hat einen der letzten Flüge erwischt, mit denen das Außenministerium deutsche Staatsbürger heimholte. Sein Fahrzeug musste er zurücklassen. Vielleicht hat er es jetzt ja wieder bekommen."

„Und dann steht es hier in der Kroppacher Schweiz. Das macht doch auch keinen Sinn. Würdest du ihn erkennen?"

„Wenn er nicht zu entstellt ist. Falls nicht, können wir ja anhand der Fahrgestellnummer feststellen, ob es sich um sein Fahrzeug handelt. Ah, da ist die Spusi ja auch schon."

Der Leiter der Spurensicherung kam auf sie zu. Es war immer noch der Kollege mit der John-Lennon-Brille. „Guten Tag, Kollegen, guten Tag Frau Stein. Wir hatten länger nicht mehr das Vergnügen. Es ist wohl ruhig geworden in Ihrem schönen Städtchen."

„So hätte es von mir aus bleiben können", erwiderte Ulla. „Aber auf meine Wünsche kommt es ja nicht an. Wir haben eine Vermutung, um wen es sich bei dem Toten handelt. Herr Berger hat den Truck sofort verlassen, als er ihn entdeckt hat, um keine Spuren zu verwischen. Er hat sich den Toten nicht angesehen."

„Das war gut so."

„Vielleicht könnte Herr Berger unter Ihrer Aufsicht noch einmal einen Blick auf die Leiche werfen. Wenn es derjenige ist, den wir vermuten, kennt er ihn wahrscheinlich."

Karlchen runzelte die Stirn. Allzu erpicht schien er darauf nicht zu sein.

Auch der Leiter der Spusi war nicht sehr begeistert. Er musterte den mächtigen Polizisten. „Da drin ist es vermutlich sehr eng. Ich schlage vor, ich schicke Ihnen als Erstes ein Foto. Ihre Handynummer müsste ich noch gespeichert haben."

„Ein guter Vorschlag", meinte Ulla.

Auch Berger atmete erleichtert aus. „Wie lange mag der Truck schon hier stehen?", fragte er, als der Spurensicherer mit seinen Kollegen im Inneren des Fahrzeugs verschwunden war.

„Als die Joggerin bei mir angerufen hat, hat sie gesagt, dass er vor vier Tagen schon dort stand", antwortete Ulla. „An den beiden Tagen davor war sie nicht hier. Er muss also zwischen vier und sechs Tagen hier stehen."

„Vermutlich liegt der Tote auch schon so lange hier."

„Wahrscheinlich ja. Da kommt ja der Arzt. Ich werde mit ihm sprechen, ob er das bestätigen kann."

Ulla ging auf den Mediziner zu und begrüßte ihn. „Ein Toter in dem Truck. Wir nehmen an, dass das Fahrzeug zwischen vier und sechs Tagen dort steht. Es ist anzunehmen, dass der Tote ebenso lange dort liegt. Die Kollegen und ich haben den Toten nicht näher untersucht, um keine Spuren zu verwischen. Ich weiß, dass Sie zum jetzigen Zeitpunkt keine genaue Einschätzung vornehmen können. Ich wäre ihnen trotzdem dankbar, wenn Sie mir vorab mitteilen könnten, ob wir von einem Tötungsdelikt ausgehen können. Falls ja, müsste ich die Koblenzer Kollegen hinzuziehen."

„Ich werde sehen, was ich für Sie tun kann. Dann wollen wir mal. Wie ich sehe, ist die Spurensicherung ja schon tätig." Der Arzt verschwand ebenfalls im Inneren des Fahrzeugs.

Kurz darauf meldete sich Ullas Handy. Sie sah aufs Display und winkte Berger heran. „Das Foto des Toten."

Berger eilte herbei. „Lass mal sehen." Er zögerte einen Moment. „Ich glaube ja. Er ist ja ziemlich blutverschmiert. Doch, das ist dieser Gerald Specht. Ich bin mir da ziemlich sicher. Er sieht aus, als habe ihm jemand eins übergezogen."

Kurz darauf erschien der Gerichtsmediziner. „Für den Moment kann ich so viel sagen: Ich glaube Ihre Einschätzung war richtig. Er ist etwa vier bis sieben Tage tot. Wir können von einem Tötungsdelikt ausgehen. Der Mann ist an Armen und Beinen gefesselt. Eine Verletzung am Hinterkopf. Der berühmte stumpfe Gegenstand. Wir können wohl nicht davon ausgehen, dass er sich den selbst auf den Kopf geschlagen hat. Ich glaube aber nicht, dass das die Todesursache ist. Alles Weitere …"

„Alles Weitere nach der Obduktion. Vielen Dank Doktor", unterbrach ihn Ulla. „Sie haben mir sehr geholfen. Ich denke, der Kollege Höbel wird sich noch bei Ihnen melden."

Ulla griff zum Handy.

Es dauerte nicht lange, bis der andere Teilnehmer sich meldete. „Da sind Sie ja wieder Frau Stein. Haben wir einen Fall?"

„Ganz recht Herr Höbel, wir, oder besser gesagt Sie, haben einen Fall. Das bestätigt der Rechtsmediziner. Mein Kollege ist sich sicher, dass es sich um Gerald Specht aus Hachenburg handelt. Er ist schon einige Tage tot."

„Ich bin schon unterwegs. Wo sagten Sie ist der Fundort?"

„In unmittelbarer Nähe der Mündung der Kleinen Nister in die Große Nister. Soll ich Ihnen den Weg beschreiben?"

„Nicht nötig. Ich weiß, wo das ist. Ich war ja schon einige Male bei Ihnen. Die Westerwälder nennen das auch Deutsches Eck."

„Richtig, es ist nicht so imposant wie Ihres in Koblenz, und es steht auch kein Reiterstandbild da, es ist aber durchaus ein nettes Ziel für Einheimische und Besucher. Der Gerichtsmediziner und die Spurensicherung sind bereits hier. Ich warte hier auf Sie."

„Sollen wir mit dir warten?", erkundigte sich Karlchen.

„Hier gibt es nichts zu tun für euch. Redet mit den Nachbarn von diesem Gerald Specht. Vielleicht können die uns ja irgendeinen Hinweis geben."

„Wir sollten uns auch in seiner Wohnung umsehen", schlug Starck vor.

„Das sollten wir Höbel überlassen. Zuerst soll der sich die mal ansehen. Wenn er es für nötig hält, kann er ja die Spurensicherung hinzuziehen. Ihr solltet die Wohnung versiegeln, obwohl das wohl wenig Sinn hat. Wenn sie jemand betreten wollte, ist dies vermutlich längst geschehen."

„Laut den Daten des Einwohnermeldeamtes wohnte Specht hier." Berger öffnete die Tür des Streifenwagens. Sie hielten vor einem Einfamilienhaus aus den Fünfziger Jahren des vergangenen Jahrhunderts. In das Dach war wohl später einmal eine Gaube eingebaut worden, denn üblicherweise bestanden die Räume im ersten Stock dieser Häuser nur aus Dachschrägen, zumindest empfand man das so. Drei Steinstufen führten nach oben zur Eingangstür. Daneben ging eine Betontreppe ins Kellergeschoss zu einer dieser typischen Nebeneingangstüren.

Am Fenster neben der Haustür bewegten sich die Gardinen. Es war also jemand zu Hause, und ihr Eintreffen war bereits bemerkt worden. Ein Streifenwagen erregte ja immer ein gewisses Aufsehen.

Starck sah auf das Schild neben dem Klingelknopf. „Ein Specht steht hier aber nicht drauf. Hier steht nur Weber."

Die Haustür ging auf, und ein älterer Mann in Pantoffeln schaute sie fragend an. „Wollen Sie zu uns?" Drinnen lief der Fernseher so laut, dass man von der täglichen Soap jedes Wort verstehen konnte.

Starck legte grüßend die Hand an die Mütze. „Herr Weber?", fragte er.

„Richtig, Weber", erwiderte der Mann.

„Wohnt ein Gerald Specht hier", erkundigte sich Berger.

„Hä?", antworte der Mann und hielt die rechte Hand hinter sein Ohr.

„Hast du wieder dein Hörgerät nicht an, Willi?" Eine Frau in Kittelschürze schob sich an dem Mann vorbei. Auch sie trug Pantoffeln.

„Sie müssen entschuldigen. Er hat zwar ein Hörgerät, zieht es aber so gut wie nie an. Dabei war das Ding verdammt teuer. Mach den Fernseher mal aus! Man versteht ja sein eigenes Wort nicht!", schrie sie Willi ins Ohr.

Danach wandte sie sich wieder den beiden Polizisten zu. „Wir haben nichts verbrochen. Wie können wir Ihnen helfen?"

Inzwischen hatte Willi den Fernseher ausgemacht, was von seiner Frau mit einem wohlwollenden Kopfnicken begleitet wurde.

„Berger und Starck von der Polizei Hachenburg", stellte Karlchen sie vor. „Nach unseren Informationen wohnt ein Gerald Specht hier."

„Ich bin Lydia Weber. Da sind sie richtig informiert. Der wohnt hier." Sie deutete die Treppe hinab, die zum Erdgeschoss führte.. „Er wohnt dort unten. Er hat dort zwei kleine Zimmer mit Dusche. Das reicht für ihn. Er ist ja so gut wie nie da. Das heißt, in letzter Zeit war er tatsächlich öfter da. Das lag wohl an diesem Virus. Aber seit ein paar Tagen habe ich ihn nicht mehr gesehen. Aber wollen Sie nicht hereinkommen? Ich habe frischen Kaffee aufgesetzt."

Berger nickte. „Gerne. Aber wir wollen Ihnen keine Umstände machen."

„Das macht keine Umstände. Kommen Sie. Wir sind froh über jede Unterhaltung."

Sie führte sie in das Zimmer, in dem vorhin die Gardinen gewackelt hatten. Es war ein relativ kleines Zimmer, das mit einem Tisch, sechs Stühlen und einem Halbschrank weitgehend gefüllt war. In eine Zimmerecke hatte man noch ein Schränkchen gezwängt, auf dem ein riesiger Flachbildschirm thronte. In einer anderen Ecke hatte man noch Platz für einen Fernsehsessel gefunden, auf dem eine Decke lag. Dort hatte wohl Willi bis vorhin die Soap verfolgt.

„Nehmen Sie doch bitte Platz", bat Lydia. Sie eilte davon, um kurz darauf mit einer Kaffeekanne und zwei Tassen zurückzukommen.

Willi folgte ihr. Er trug zwei weitere Tassen und einen Teller mit Keksen. Offenbar hatte er inzwischen sein Hörgerät angelegt.

Die beiden setzten sich den Polizisten gegenüber und sahen sie neugierig an. Der Besuch der beiden Polizisten schien für sie eine angenehme

Abwechslung zu sein. „Was führt Sie denn nun hierher?", fragte Lydia.

„Wie ich schon sagte, es geht um Gerald Specht", begann Berger.

„Hat er etwas ausgefressen?", unterbrach ihn Lydia.

Berger schüttelte den Kopf. „Er hat nichts ausgefressen. Sie sagten, Sie hätten ihn ein paar Tage nicht gesehen. Wann sahen Sie ihn zum letzten Mal?"

„Das ist so fünf, nein sechs Tage her. Er kam spät abends an. Er hatte seinen LKW geholt."

„Was heißt, er hatte seinen LKW geholt?", erkundigte sich Berger.

„Nehmen Sie doch von den Keksen", forderte Lydia ihn auf. „Das war irgendwie seltsam. Den hatte er ja in Südamerika zurückgelassen. Ich weiß nicht, ob Sie das wissen. Gerald fährt durch die Welt und berichtet im Internet von diesen Reisen. Manchmal sehe ich mir das auch an. Jedenfalls musste er das Fahrzeug zurücklassen und hat noch einen der letzten Flieger nach Deutschland erwischt. Das Auswärtige Amt hatte die Flüge organisiert. Es wurde ja im Fernsehen darüber berichtet. Es heißt ja, dass sich die Passagiere daran beteiligen mussten. Würde mich wundern, wenn er das Geld dafür hätte. Er hatte ja die ganze Zeit keine Einnahmen. Was hatten Sie noch gefragt?"

„Wir haben Sie nach dem LKW gefragt", antwortete Berger."

„Ah ja, richtig. An dem Abend fuhr er damit vor. Wir waren ganz erstaunt."

„Das werden wir schon irgendwie herausbekommen, wie er an das Fahrzeug gekommen ist", meinte Karlchen. „War sonst noch irgendwas. Hatte er jemand dabei?"

„Nein, er war allein. Aber in der Nacht habe ich Geräusche gehört."

„Genau, da war irgendwas", bestätigte Willi eifrig.

Lydia schaute ihn mitleidig an. „Nachts hast du dein Hörgerät doch nicht an. Wie willst du denn da was gehört haben? Da könnte eine Bombe in unser Schlafzimmer fallen und du würdest nichts davon mitbekommen. Ich habe es dir am nächsten Tag erzählt."

„Ach so, das hatte ich vergessen", bestätigte Willi kleinlaut.

„Was waren das für Geräusche?, fragte Berger.

„Ich glaube, ich bin wach geworden, als jemand irgendwas rief."

„Wer rief was? Haben Sie etwas verstanden? Haben Sie nicht nachgesehen?"

„Ich bin doch nicht neugierig", antwortete sie beleidigt. „Ich bin liegen geblieben und habe versucht, wieder einzuschlafen. Verstanden habe ich nichts. Aber sie schienen keine Freundlichkeiten auszutauschen. Es gab noch einige Geräusche. So ein Poltern und Autotüren schlugen. Kurz danach ist der Truck dann angesprungen und fortgefahren. Ich habe dann kein Auge mehr zugetan. Warum wollen Sie das denn alles wissen?"

„Das Fahrzeug wurde gefunden. In der Kroppacher Schweiz. In der Nähe des Deutschen Ecks."

„Was sagt denn Gerald dazu? Sie haben doch mit ihm gesprochen?"

„In dem Fahrzeug lag eine Leiche. Wir sind uns sicher, dass das Gerald Specht ist."

„Mein Gott, das ist ja schrecklich. Der arme Mann. Da reist er um die halbe Welt, verkehrt mit allen möglichen Wilden, und dann erwischt es ihn in der Kroppacher Schweiz. Darauf muss ich erst mal einen Schnaps trinken. Möchten Sie auch einen, selbst aufgesetzt, Wodka mit Johannisbeeren aus dem Garten."

Berger winkte ab. „Wir sind im Dienst. Ist Ihnen sonst noch etwas aufgefallen?"

Lydia und Willi schüttelten gleichzeitig den Kopf.

„Ich kann es noch gar nicht fassen. Ich bin total fertig. Sag doch auch mal was, Willi!"

„Was soll ich denn sagen. Ich bin doch genauso fertig."

Berger erhob sich. „Wenn Ihnen noch was einfällt, müssen Sie sich unbedingt melden. Die Wohnung von Herrn Specht darf niemand betreten. Wir werden sie versiegeln. Danke für die Auskünfte und den Kaffee."

Lars Höbel fuhr immer noch den alten Renault. Inzwischen schienen dessen Tage aber gezählt zu sein, denn er gab seltsame Geräusche von sich. Aber vielleicht lag es ja nur am Auspuff. So genau kannte sich Ulla ja auch nicht aus.

Der Kollege von der Kripo Koblenz kam auf Ulla zu. Er schien sich überhaupt nicht verändert zu haben. Immer noch braun gebrannt, mit strahlend blauen Augen und diesem Lächeln wie aus einer Zahnpastareklame. „Frau Stein, schön Sie mal wiederzusehen. Bevor wir zu unserem Fall kommen, wie geht es Herrn Leyendecker?"

„Wie soll es ihm schon gehen? Er sitzt zu Hause und langweilt sich."

„Das kann ich mir vorstellen. Es hat ihn ja damals ganz schön erwischt. Machen ihm seine Verletzungen noch zu schaffen?"

„Er ist soweit wieder in Ordnung. Lediglich seine Schulter will nicht so, wie er will."

„Eigentlich hat er ja noch Glück gehabt. Wir hatten damals ja ganz andere Bedenken. Grüßen Sie ihn herzlich von mir. Was haben Sie denn für uns?"

„Sie sehen ja diesen umgebauten LKW. Der steht seit vier bis sechs Tagen hier. Wir wurden von einer Joggerin angerufen. Die Kollegen fanden darin eine männliche Leiche. Der Mann ist laut vorläufiger Einschätzung des Rechtsmediziners etwa genauso lange tot, wie das Fahrzeug hier steht. Kaum Zweifel an Fremdeinwirkung. Eine Kopfverletzung mit dem berühmten stumpfen Gegenstand. Und er ist gefesselt. Herr Berger, an den erinnern Sie sich doch sicher auch noch, kannte ihn und hat ihn identifiziert, allerdings lediglich auf einem Handyfoto."

„Natürlich erinnere ich mich noch an Herrn Berger, eine solche Erscheinung vergisst man nicht. Außerdem haben wir in der Vergangenheit ja häufig zusammengearbeitet. Ich glaube, ich darf sagen, dass die Zusammenarbeit recht erfolgreich war."

„Wie ich Ihnen bereits am Telefon sagte, handelt es sich bei dem Toten um einen Gerald Specht aus Hachenburg. Er scheint hauptberuflich Globetrotter zu sein. Er berichtet in den sogenannten Neuen Medien von seinen Reisen. Sein täglich Brot verdiente er wohl durch Produktplatzierungen, wie das so viele Influencer heute machen. Allerdings kann ich mir kaum vorstellen, dass man davon leben und die Reisen bezahlen kann."

„Heutzutage tun sich die erstaunlichsten Einnahmequellen auf. Wir werden der Sache nachgehen, da kommt ja der Rechtsmediziner."

Der Arzt kam auf sie zu. „Ich bin zunächst fertig. Ich habe meiner ersten Einschätzung nichts hinzuzufügen. Der Mann ist etwa fünf Tage tot. Ein Schlag auf den Hinterkopf. Ob das die eigentliche Todesursache ist, wird die Obduktion zeigen. Wie ich schon sagte, glaube ich nicht, dass er daran gestorben ist. Einblutungen in den Augen deuten auf einen Erstickungstod hin. Das ist vorläufig alles. Alles Weitere … Sie wissen schon. Ich darf mich dann verabschieden."

Kurz darauf erschien der Leiter der Spurensicherung. „Wenn der Tote abgeholt worden ist, schaffen wir das Fahrzeug zur KTU, wo wir es eingehend untersuchen werden. Da drinnen ist wohl alles durchsucht worden. Sogar das eiserne Bett wurde auseinandergebaut."

„Hinweis auf eine Tatwaffe?", erkundigte sich Höbel.

„Möglicherweise. Wir haben einen Schraubenschlüssel sichergestellt, den wir allerdings noch näher untersuchen müssen. Ach ja, das Fahrzeug wurde nicht kurzgeschlossen. Aber ein Schlüssel wurde nicht gefunden."

„Dann kann er auch selbst gefahren sein", stellte Ulla fest. „Ob er da drin getötet wurde?"

„Kann schon sein", bestätigte der Spurensicherer. „Im LKW ist sehr viel Blut. Es spricht alles dafür, dass er dort drinnen gestorben ist."

Leyendeckers Handy klingelte.

„Ich bin es", sagte Ulla. „Es wird etwas später heute. Warte also nicht auf mich."

„Ich habe Gulasch gemacht. Das kann man jederzeit aufwärmen. Was gibt es denn?"

„Wir haben einen Mordfall."

Leyendecker fühlte ein Kribbeln im Bauch. Der erste Mord seit dem Fall mit der Gitarre dieses Rockstars, bei dem man ihn ja so schwer verletzt hatte. Fast hätte er automatisch zur Jacke gegriffen und wäre zu Ulla geeilt. Aber er war ja auf Eis gelegt. Innerlich verfluchte er seine Schulter. Er zwang sich, ruhig zu bleiben. „Wenn du willst, kannst du mir ja heute Abend erzählen, um was es geht. Dann bis irgendwann. Ich warte auf dich." Er beendete das Gespräch.

„Bist du noch dran?", fragte Ulla. Dann schüttelte sie den Kopf. „Er hat nach keinerlei Einzelheiten gefragt", sagte sie zu Höbel. „Das passt überhaupt nicht zu ihm. So langsam mache ich mir Sorgen um ihn."

Kapitel 3

„Berger hat gesagt, Specht habe eine kleinere Einliegerwohnung bei einem älteren Ehepaar namens Weber angemietet", erklärte Ulla. „Da steht Weber an der Klingel, wir sind also richtig."

Bevor sie auf den Klingelknopf drücken konnte, öffnete sich die Tür und ein älterer Mann streckte seinen Kopf heraus. Der wurde jedoch von einer resoluten Dame beiseitegeschoben. „Lass mich mal! Dein Hörgerät liegt drinnen auf dem Tisch."

Bevor Ulla ihren Ausweis zücken konnte, sagte die Frau. „Ich weiß, wer Sie sind. Wir lesen auch Zeitung Frau Stein."

„Das ist der Kollege Höbel von der Kripo Koblenz." Ulla deutete auf Lars Höbel. „Sie haben doch sicher einen Schlüssel zur Wohnung von Herrn Specht."

„Haben wir. Ihre uniformierten Kollegen haben die ja versiegelt und uns eingeschärft, dass niemand sie betreten solle. Aber das gilt natürlich nicht für Sie."

Sie verschwand, um kurz darauf mit dem Schlüssel wiederzukommen, den sie triumphierend in die Höhe hielt. Sie eilte die Stufen hinunter zur Einliegerwohnung und steckte den Schlüssel ins Schloss.

„Danke", sagte Ulla. „Das reicht uns schon. Wir kommen schon zurecht."

„Wie sie meinen", erwiderte Frau Weber sichtlich enttäuscht. Zu gern wäre sie mit den beiden Polizeibeamten in die Wohnung gekommen.

Höbel nahm zwei Paar Plastikhandschuhe aus der Tasche und reichte Ulla ein Paar. „Wir wollen keine unnötigen Spuren hinterlassen."

„Die Heizung hat er jedenfalls nicht ausgemacht", stellte Ulla fest, als sie den kleinen Flur betraten. „Er hatte wohl nicht vor, länger fortzubleiben."

Ulla hob einige Briefumschläge vom Fußboden auf. „Die sind auch schon ein paar Tage alt. Alles nur Werbung."

Höbel deutete auf eine kleine Anrichte. „Da ist sein Handy."

„Es spricht für einen übereilten Aufbruch", bemerkte Ulla. „Normalerweise nimmt man doch sein Handy mit. Spuren eines Kampfes oder einer sonstigen Auseinandersetzung sind aber keine zu sehen."

„Hier jedenfalls nicht", bestätigte Höbel. „Lassen Sie uns weiter nachschauen." Er öffnete eine Tür. „Ein kleines Bad. Auch hier nichts Auffälliges."

Ulla ging zur nächsten Tür. Vor ihnen lag ein kleines Wohnzimmer. Die Einrichtung schien von einem Möbeldiscounter zu stammen, helle Weichholzmöbel, eine kleine Couch und ein Sessel. In der Ecke stand ein Flachbildschirm auf einem schmalen Tisch.

„Sein Computer." Höbel deutete auf den Laptop, der auf dem Tisch stand. „Den nehmen wir mit. Und da, eine ziemlich teure Kamera. Einbruchdiebstahl war es jedenfalls nicht."

„Die benötigt er für seine Übertragungen. Er berichtet ja im Netz von seinen Reisen. Hier scheint niemand außer ihm drin gewesen zu sein."

Höbel zog eine Schublade des etwa eineinhalb Meter breiten Schrankes auf. „Sieht aus wie eine externe Festplatte. Die geht ebenfalls mit. Was haben wir denn hier?" Er zog einen Stapel Papiere aus der Schublade. „Vom Zoll in Hamburg. Es geht um einen LKW."

„Berger sagte doch, der Truck sei einige Zeit verschwunden gewesen. Vor sechs Tagen sei Specht dann mit dem Truck aufgetaucht, und am gleichen Tag seien Specht und Truck wieder verschwunden. Er hat ihn also aus dem Hamburger Hafen abgeholt."

Höbel nickte. „Und am gleichen Tag sind er und der LKW wieder verschwunden. Ob wir da eine Spur haben. Hängt der Mord mit dem LKW zusammen?"

„Gut möglich", bestätigte Ulla. „Ich könnte mir da verschiedene Szenarien vorstellen. Er war vorher in Südamerika unterwegs. Möglicherweise ging es um Drogen. Vielleicht kommt bei der kriminaltechnischen Untersuchung ja etwas heraus. Jedenfalls ist das ein Anhaltspunkt. Steht da, von wo das Fahrzeug kam?"

Höbel blätterte in den Papieren. „Es wurde in einem Hafen namens Callao verschifft. Weiß der Teufel, wo das liegt."

„Das kenne ich allerdings auch nicht, aber wofür hat man denn das allwissende Handy. Da haben wir es auch schon. Das liegt in der Provinz Lima, direkt bei Perus Hauptstadt. Die Westseite von Südamerika. Da hatte es aber einen weiten Weg vor sich. Das Schiff wird wohl kaum um Kap Horn gefahren sein. Wahrscheinlicher ist, dass es die Route durch den Panamakanal genommen hat."

„Das kommt alles mit", erklärte Höbel. „Ich fahre heute noch nach Koblenz und übergebe die Sachen unseren Spezialisten. Auch wenn es hier nicht nach einem Kampf aussieht, soll die Spurensicherung sich alles hier noch gründlich ansehen. Vielleicht finden die ja weitere Anhaltspunkte."

„Das ist gut", bestätigte Ulla. „Ich könnte mir vorstellen, dass es nützlich sein könnte, wenn man Spechts Weg in Südamerika nachverfolgt. Vielleicht hat sein Tod ja etwas mit seiner letzten Reise zu tun. Seine Übertragungen könnten hierfür nützlich sein. Vermutlich hat er die doch aufgezeichnet und sie befinden sich auf dem PC oder der externen Festplatte. Ansonsten müssten seine Übertragungen doch zu finden sein. Das Netz verliert doch angeblich nichts."

„Es ist alles noch da. Man muss es nur finden. Aber das dürfte für die Fachleute kein Problem darstellen."

Nachdem sie die Wohnung verlassen und wieder versiegelt hatten, bemerkte Ulla einen dunklen Fleck auf dem Asphalt der Straße. „Das könnte Blut sein."

„Das sollen die von der Spurensicherung untersuchen", antwortete Höbel und griff zum Telefon. „Die müssen sich ja ohnehin die Wohnung noch ansehen."

Ulla hatte kaum ihr Büro in der Dienststelle betreten, da kam auch schon der Dienststellenleiter zur Tür herein. „Ich habe Sie vermisst Frau Stein. Ich muste dann von Herrn Berger erfahren, dass Sie mit einem Herrn Höbel von der Kripo in Koblenz unterwegs sind. Ich hätte mir schon gewünscht, dass Sie mich entsprechend informieren. Außerdem liegt die Zuständigkeit für Mordermittlungen allein bei der Kripo Koblenz. Wir sollten uns auf unsere Aufgaben konzentrieren und aus deren Arbeit heraushalten. Ich weiß, dass mein Vorgänger das nicht so genau genommen hat, aber …"

„Christoph ist nicht Ihr Vorgänger", unterbrach Ulla, „ und Sie sind nicht sein Nachfolger. Sie sind lediglich seine Krankeitsvertretung."

„Betreiben Sie doch nicht solche Wortklauberei. Wie dem auch sei, im Moment habe ich hier das Sagen. Ob ihnen das passt oder nicht. Ich denke, ich habe mich klar ausgedrückt." Mit diesen Worten verließ Peters das Zimmer.

Ullas „Armer Wichtigtuer", hörte er nicht mehr.

Leyendecker hatte alles, was er im Internet über den Fall Rudi Herz gefunden hatte, heruntergeladen und in einem Ordner gespeichert. Er wusste nicht, wofür das gut war, denn eigentlich hatte er nicht die Absicht, den Fall erneut aufzurollen. Der Lebber hatte seine Strafe abgesessen und sich wohl mit allem abgefunden. Es gab keinen Grund, sich weiter mit dem Fall zu befassen. Leyendecker konnte also seinen gewohnten Tätigkeiten nachgehen. Aber was für Tätigkeiten waren das? Eigentlich langweilte er sich doch zu Tode. Er war selbst verwundert, dass er dieses Diagramm gezeichnet hatte, mit dem er früher immer die losen Fäden eines Falles miteinander verbunden hatte. Es schien, als seien seine alten Instinkte geweckt worden, die viel zu lange brachgelegen hatten.

Die Indizien sprachen eindeutig gegen Herz. Die Spermaspuren und die Haut unter den Fingernägeln der Toten konnten eindeutig dem Lebber zugeordnet werden. Für die Spermaspuren gab es eine eindeutige Erklärung, aber die Argumentation, dass der Geschlechtsverkehr einvernehmlich erfolgt sei, war nicht zu widerlegen. Neben zwei Kopfverletzungen wurden keine weiteren Gewaltanwendungen festgestellt. Die eine Verletzung rührte vom Schlag mit der Madonna her, die andere war auf einen darauffolgenden Sturz zurückzuführen. Lediglich von älteren Verletzungen war die Rede. Da die jedoch nicht unmittelbar mit der Tat zusammenhingen, wurde denen keine Bedeutung beigemessen.

Auch die Hautreste unter den Fingernägeln waren für sich gesehen kein Beweismittel. Leyendecker hatte keinen Arztbericht gefunden, in dem Verletzungsspuren des Lebbers festgestellt wurden. Bei der Akte hatten sich keine Fotos gefunden, die Kratzspuren am Körper des Verdächtigen zeigten. Ein Bericht über eine ärztliche Untersuchung fehlte gänzlich, was mehr als seltsam war.

Und dann waren ja noch die Zeugenaussagen. Gerhard Marx, der eine Art Gehilfe von Ortwein war, hatte Herz' Ankunft beobachtet. Es befand sich also noch eine weitere Person im Haus. Dessen Alibi war nie überprüft worden. Marx hätte also genauso gut die Gelegenheit gehabt. Aber bei dem war keinerlei Motiv zu erkennen.

Außer dem Lebber hatte wohl nur Ortwein ein Motiv. Aber Ortweins Alibi schien bombenfest zu sein. Alles hing jedoch von der Aussage dieser Antiquitätenhändlerin ab. Diese Aussage war im Moment nicht zu widerlegen.

Vielleicht hätte ein vernünftiger Rechtsanwalt zumindest berechtigte Zweifel an dieser Aussage geweckt. Leyendecker wunderte sich, dass Herz aufgrund der doch recht dürftigen Ermittlungen verurteilt worden war. Es sah aus, als habe sich alles gegen ihn verschworen. Zu viele Fragen blieben ungeklärt. Nach seiner Ansicht war schlampig ermittelt worden.

Enders und Klein befuhren mit dem Streifenwagen die Graf-Heinrich-Straße.

„Man hat uns doch gebeten, bei dem Anwesen der Ortweins in der Freiherr-vom-Steinstraße vermehrt Streife zu fahren. Fahr doch da vorne mal rechts ab", sagte Enders.

„Wie du willst", antwortete Klein.

„Halt, warte", bat Enders nach kurzer Zeit. „Fahr rechts ran."

„Was hast du vor?", erkundigte sich Klein.

„Wenn wir da in voller Beleuchtung vorfahren, können wir ja gleich auch das Martinshorn einschalten, oder eine Blaskapelle bestellen. Falls da jemand rumlungert, wird er doch sofort verschwinden. Wir steigen aus und gehen zu Fuß. Es wäre doch gar nicht schlecht, wenn wir so einen Verdächtigen fangen würden."

„Wie damals bei dem Fotogeschäft in der Tilmannstraße?" Klein grinste. „Das ist ja damals auch gründlich schief gegangen."

„Das war lediglich Pech", wiegelte Enders ab. Es hätte nicht viel gefehlt und wir hätten ihn damals geschnappt."

„Ich mache alles, was du willst. Wir halten. Es ist ja nicht mehr weit."

„Wann machen die denn hier die Straßenlampen aus?", fragte Klein. „Es ist ja dunkel wie im Sack."

„Da drüben brennen sie noch", entgegnete Enders. „Ich nehme an ein Kurzschluss."

„Wir haben ja unsere Taschenlampen."

„Lass die aus. Dann hätten wir ja gleich mit dem Streifenwagen vorfahren können. Der Himmel ist zwar bedeckt, aber etwas können wir doch sehen."

Da vorne ist das Anwesen ja schon", flüsterte Klein. Es waren die dunklen Umrisse eines großen Hauses zu erkennen. „Die Rollläden sind runtergelassen, aber drinnen brennt Licht." Er berührte Enders an der Schulter und deutete nach vorn, der das natürlich nicht sah.

„Was willst du?"

„Sieh doch, da vorne."

„Ich sehe nichts."

„Steht da nicht einer?"

„Wo?"

„Da bei der Garageneinfahrt."

„Meinst du?"

„Ein Schatten. Sieht aus wie ein Mann. Der beobachtet das Haus. Den musst du doch auch sehen."

„Ich weiß nicht. Aber vielleicht hast du ja recht."

„Sollen wir ihn einkreisen?"

„Wie stellst du dir das vor? Dann müsste einer von uns zurückkehren und sich dem Haus von der anderen Seite nähern. Das dauert viel zu lange. Bis dahin ist der längst weg. Wir gehen einfach auf ihn zu. Er wird das Haus beobachten und uns nicht kommen sehen. Komm mit! Aber sei leise!"

Vorsichtig näherten sie sich dem Schatten.

Enders hatte den vermeintlichen Schatten nicht gesehen, wollte seinem Kollegen aber nicht widersprechen, mehrten sich in letzter Zeit doch die Anzeichen, dass er neben der Lesebrille auch eine für die Ferne benötigte. Spätestens nach der nächsten Untersuchung des Polizeiarztes würde er nicht mehr umhin kommen, eine solche zu tragen.

Klein knipste die Lampe an, als sie sich dem Haus bis auf zwanzig Meter genähert hatten, und leuchtete auf die Stelle, wo er den Beobachter ausgemacht hatte. „Polizei! Was machen Sie hier? Verdammt, wo ist er denn jetzt hin?"

Klein glaubte, Schritte zu hören, die auf das Grundstück führten, und eilte hinterher. Sofort setzte das laute Heulen einer Alarmanlage ein, Lichter gingen an und Hundegebell ertönte. Von dem Schatten war nichts zu sehen. In der Nachbarschaft gingen zahlreiche Lichter an.

Die beiden Polizisten blieben wie erstarrt stehen. Sie standen da wie auf dem Präsentierteller. Da war also doch keiner. Den hat sich der Klein eingebildet, dachte Enders.

In dem Haus rührte sich nichts. Lediglich die Gardine des Wohnzimmerfensters wackelte.

Sie wussten nicht, wie lange sie verduzt da gestanden hatten, als plötzlich zwei SUVs vorfuhren, aus denen vier Männer mit gezückten Pistolen heraussprangen. Einer führte einen schwarzen Rottweiler an der Leine.

Enders erkannte das Logo eines örtlichen Wachdienstes.

Es dauerte etwas, bis Klein seine Worte wiederfand. „Stecken Sie die Waffen ein! Wir sind die Polizei. Und halten Sie den Hund fest!" Er zog seinen Ausweis hervor.

Zögerlich steckten die vier Neuankömmlinge die Pistolen ein. „Was ist hier los?", fragte der mit dem Rottweiler. „Haben Sie den Alarm ausgelöst?"

„Wir hatten etwas gesehen, da war jemand," rechtfertigte sich Klein.

„Hier ist niemand. Das war wohl Einbildung. Der Mann vom Wachdienst griff zum Telefon. „Guten Abend Frau Ortwein. Ein kleiner Schreck in der Abendstunde. Kein Grund zu Besorgnis. Falscher Alarm. Hier sind lediglich zwei Herren von der Polizei. Aber man kann ja nicht vorsichtig genug sein. Ich wünsche noch eine angenehme Nacht."

Kopfschüttelnd bestiegen die Männer vom Wachdienst ihre Autos und fuhren davon.

„Ruf die Kollegen von der Wache an, dass die nicht auch noch Alarm schlagen", forderte Enders. „Wir haben uns nicht bei denen abgemeldet, als wir das Fahrzeug verlassen haben. Es fehlt noch, dass hier noch mehr auftauchen. Für heute hatten wir hier genug Betrieb. Und dann nichts wie weg hier."

„Und da war doch einer", beharrte Klein. „Du hast ihn doch auch gesehen."

Höbel zog einige Notizen aus der Tasche. Er hatte in der Pathologie und bei der Spurensicherung angerufen. Unverbindlich hatte man ihm einige Ergebnisse vorläufig mitgeteilt.

Specht war bei seinem Auffinden wohl sechs Tage tot gewesen. Er hatte stark geblutet, aber daran war er nicht gestorben. Der Mann war gefoltert worden. Darauf wiesen zahlreiche Hämatome hin. Letztlich war er erstickt. Der Pathologe glaubte, dass man ihn mit einem nassen Tuch gefoltert hatte, welches man ihm über Mund und Nase gelegt hatte. Ob der Erstickungstod dann versehentlich oder absichtlich herbeigeführt wurde, konnte er nicht sagen.

Im Fahrzeug hatte man einige DNA-Spuren gefunden, konnte die aber zum jetzigen Zeitpunkt noch nicht zuordnen. Etwas Interessantes hatte man jedoch entdeckt. Zwischen der Wand der Fahrerkabine und dem Beifahrersitz befand sich ein eingebautes, metallenes Fach, das etwa dreißig Zentimeter hoch, siebzig Zentimeter breit und zwanzig Zentimeter tief war. Es schien mit Blei ummantelt zu sein. Das Fach war mit ein paar Schrauben befestigt, die man leicht lösen konnte. Mit dem passenden Werkzeug konnte man es in weniger als einer Minute abschrauben und mitnehmen. Es war wohl bei der Durchsuchung das Trucks nicht gefunden worden. Als man es öffnete, fand man darin etwa vier Kilogramm Kokain. Aufgrund der frischen Bohrlöcher war die Spurensicherung der Ansicht, dass es noch nicht lange existierte.

Rauschgiftschmuggel", vermutete Ulla. „Wir haben das ja bereits als Möglichkeit erwogen."

„Es sieht so aus."

Die Tür ging auf, und der Dienststellenleiter kam herein. „Wie ich sehe, haben Sie Besuch Frau Stein." Er trat auf Höbel zu und streckte die Hand aus. „Wir sind uns noch nicht vorgestellt worden. Mein Name ist Peters. Ich leite diese Dienststelle."

Höbel erhob sich. „Höbel, Kripo Koblenz."

„Das habe ich mir schon gedacht Herr Kollege. Trotzdem hätte ich erwartet, dass Sie sich kurz bei mir melden."

„Herr Höbel und ich haben uns gestern am Tatort getroffen", warf Ulla ein. „Als er heute Morgen kam, waren Sie noch nicht da."

„Man hätte eine Nachricht hinterlassen können. Aber wie dem auch sei, ich hätte nur kurz eine Frage. Mich erreichte da vorhin so ein seltsamer Anruf. Zwei Polizeibeamte sollen gestern Abend einen Alarm im Haus der Ortweins ausgelöst haben. Sie wissen schon, die Frau, die ich neulich zu Ihnen brachte. Ist Ihnen bekannt, was da vorgefallen ist."

Ulla schüttelte den Kopf. „Ich habe lediglich gebeten, dass dort vermehrt Streife gefahren wird. Was aber konkret da vorgefallen ist, weiß ich nicht. Gibt es keinen Bericht?"

„Es wurde nur vermerkt, dass dort der Alarm ausgelöst wurde. Kurz darauf wurde mitgeteilt, dass es sich um einen Fehlalarm handelte. Ich muss mal in den Schichtplan sehen, wer da Streife fuhr und die Herren mal näher befragen."

„Irgendwie hat er schon recht", meinte Höbel, als Peters gegangen war. „Ich hätte mich schon bei ihm anmelden müssen, aber ich war das Informelle mit Herrn Leyendecker noch gewohnt."

„Er wird sich wieder beruhigen", antwortete Ulla. „Lassen Sie uns einmal zusammenfassen, was wir bis jetzt haben."

„Also gut, was haben wir. Wir haben einen toten Globetrotter, der aufgrund der Pandemie sein Fahrzeug in Südamerika, vermutlich Peru, zurückgelassen hat. Am gleichen Tag, als er es zurückerhalten hat, fährt dieses Fahrzeug nachts von seiner Wohnung fort und wird einige Tage später beim Deutschen Eck gefunden. Darin liegt der Leichnam des Eigentümers. Man macht sich nicht die Mühe, die Leiche zu beseitigen, sondern man lässt sie einfach zurück. Der Truck wurde durchsucht.

In dem LKW befindet sich so eine Art Geheimfach, in dem Kokain gefunden wird. Ich glaube es bestehen keine Zweifel, dass mit dem LKW Rauschgift geschmuggelt wurde, das aber bei der Durchsuchung nicht gefunden wurde. Es war ungeöffnet."

„Dieses Fach wurde angeblich erst kürzlich eingebaut. Es wäre doch gut möglich, dass es erst eingebaut wurde, nachdem er den Wagen zurückgelassen hat und Specht überhaupt nichts von dem Fach wusste."

„Eine interessante Überlegung. Diejenigen, die ihn gefoltert haben, gingen allerdings davon aus, dass er das Versteck kannte. Er hat es jedoch nicht verraten. Warum glaubten seine Folterer das dann? Ich glaube, er wusste sehr wohl davon. Wahrscheinlich ist man sich uneins über den Preis geworden. Oder man wollte das Kokain, ohne dafür zu zahlen. Sein Tod war ein Versehen. Er ist gestorben, bevor er das Versteck verraten konnte."

Höbels Handy meldete sich. Als er das Gespräch beendet hatte, wandte er sich an Ulla; „Interessante Neuigkeiten, heute Nacht ist man in die Halle eingedrungen, in dem das Fahrzeug des Globetrotters steht. Weiß der Teufel, wie die die Alarmanlage ausgeschaltet haben. Man hat heute Morgen gesehen, dass das Schloss einer Seitentür aufgebrochen wurde. Aber in dieser Halle gibt es Kameras, die über Bewegungsmelder gesteuert werden. Die schicken mir den Film gleich zu. Ah, da ist er ja schon", sagte er, als ein Piepton erklang.

„Am besten, Sie leiten den gleich an meinen PC weiter. Hier ist die Adresse." Ulla reichte

Höbel ihre Visitenkarte und schaltete den Compter an.

Höbel schob einen Stuhl an Ullas Seite. „Wollen mal sehen, was wir da haben. Da sind sie ja schon. Zwei Männer. Schade, vermutlich haben sie mit den Kameras gerechnet. Sie sind vermummt."

„Sie gehen zielgerichtet zum Truck", stellte Ulla fest. „Sie öffnen die Beifahrertür."

„Sie wussten genau, wonach sie suchten", ergänzte Höbel. „Und sie haben sogar den passenden Schraubenschlüssel mitgebracht."

„Jetzt haben sie das Behältnis losgeschraubt und in einer mitgebrachten Tasche verstaut. Ich wäre gern dabei, wenn sie feststellen, dass es leer ist."

„Was bedeutet das nun schon wieder", fragte Höbel.

„Ja, was bedeutet das? Die wussten also, wo das Versteck war. Der tote Specht kann es ihnen nicht gesagt haben. Dann hätten sie es ja gleich mitgenommen."

„Woher haben sie es dann erfahren?"

„Ich glaube, die Frage stellt sich nicht," erklärte Ulla. „Die Frage ist vielmehr, wann haben sie es erfahren? Ich glaube, sie haben es von Anfang an gewusst."

„Das würde ja bedeuten, sie hatten vorher keinen Zugriff auf den LKW. Sie wussten nicht, dass er beim Deutschen Eck stand, und haben jetzt erst erfahren, dass die Polizei ihn abtransportiert hat. Es scheint so, als würden die Entführung und der Tod Spechts nicht mit dem Rauschgift zusammenhängen. Es wird immer verworrener. Ich glaube, wir müssen unsere Theorie noch mal überdenken."

„Ich könnte mir auch ein anderes Szenario vorstellen. Irgendjemand hat von der Lieferung erfahren und hat versucht, die Ware vor dem eigentlichen Empfänger abzugreifen. Möglicherweise sind hier zwei verschiedene Gruppen tätig."

„Wie dem auch sei. Es würde uns sicher weiterhelfen, wenn wir den Adressaten der Lieferung kennen würden. Mal sehen, ob die Spurensicherung in der Halle etwas findet."

„Mir kommt da spontan eine Idee", erklärte Ulla. „Vielleicht kann man die Kerle irgendwie aus der Versenkung hervorlocken. Die wissen doch nicht, dass die Polizei das Dope hat. Spechts Entführer könnten es genauso gut haben."

„Oder ein ganz anderer", ergänzte Höbel. „Man müsste es irgendwie in der Presse …"

„Der Presse Falschmeldungen zukommen zu lassen geht gar nicht", unterbrach Ulla.

„Es muss ja nicht direkt eine Falschmeldung sein. Wir melden, dass Diebe in das Gebäude eingedrungen sind und ein Behältnis mitgenommen haben. Die Polizei vermute, dass der Inhalt dieses Behälters mit Spechts Tod zusammenhängt."

„Ich habe noch eine weitere Idee. Aber nein, das ist viel zu gefährlich." Ulla schüttelte den Kopf.

„Was ist viel zu gefährlich?", erkundigte sich Höbel.

„Mir kam da spontan ein Gedanke", Ulla winkte ab.

„Erzählen Sie schon", drängte Höbel.

„Nun ja, keiner dieser Verbrecher lässt sich seine Lieferung gerne wegschnappen. Wann könnte die Ware also verschwunden sein? Da gibt es drei Möglichkeiten. Spechts Mörder haben sie. Immer vorausgesetzt, sie sind nicht mit denen identisch, die in die Halle eingebrochen sind. Die zweite Möglichkeit ist, dass die Ware in der Halle verschwunden ist, legal oder illegal. Es gibt aber noch eine weitere Möglichkeit. Die Drogen sind verschwunden, nachdem Spechts Mörder den LKW verlassen haben und bevor der in Koblenz ankam. Wer hätte dazu Gelegenheit gehabt? Wer war mit dem geöffneten Fahrzeug allein? Und wenn man das Gerücht streut, es sei plötzlich Kokain aufgetaucht."

„Sie meinen Lockvögel?"

„Vergessen wir das. Das ist viel zu gefährlich. Das bekommen wir nie genehmigt."

Kapitel 4

Leyendecker pumpte wie ein Maikäfer, der kurz vor dem Abheben steht. Er war zu Fuß den Steinweg hochgegangen. Wieder einmal wurde ihm vor Augen geführt, dass er längst noch nicht fit war. Als er die Steigung weitgehend überwunden hatte, bog er rechts ab und ging entlang des Friedhofs, um kurz darauf wieder links abzubiegen.

Vor einigen Jahren hatte ein Investor mehrere moderne Wohnungen in der Seilerstraße gebaut, die sich gut verkauft hatten, obwohl sie nicht gerade billig waren. Aber die ruhige Lage in unmittelbarer Nähe der Innenstadt war wohl ihren Preis wert.

Laut Einwohnermeldedatei wohnte dort Gerhard Marx, der damals bei Ortwein beschäftigt war und der im Prozess gegen den Lebber bezeugt hatte, dass sich dieser in der Nacht des Mordes im Hause Ortwein aufgehalten hatte.

Leyendecker hatte sich nicht angemeldet. Zunächst hatte er die Absicht gehabt, gleich bei seiner Ankunft den Dienstausweis zu zeigen, hatte jedoch davon Abstand genommen, da er ja eigentlich nicht dienstlich tätig war. Er wollte abwarten, wie sich das Gespräch entwickelte. Wenn Marx ihn nicht einließ, konnte er es nicht ändern. Dann hatte er seinen täglichen Spaziergang halt hierher gemacht. Anschließend würde er durch die Innenstadt gehen, die er länger nicht aufgesucht hatte. Irgendwas änderte sich da ja immer.

Er klingelte. Nach einiger Zeit wurde ihm geöffnet. Ein Mann in den Siebzigern mit grauen Haaren und erstaunlich aufrechter Haltung schaute ihn an.

Leyendeckers Befürchtungen waren nicht notwendig gewesen, den sein Bekanntheitsgrad kam ihm zur Hilfe.

„Herr Leyendecker. Was kann ich für die Polizei tun?", fragte Marx. „Aber kommen Sie doch herein."

Marx führte Leyendecker in ein äußerst geschmackvoll eingerichtetes Wohnzimmer. Das Inventar war nicht billig gewesen. Offenbar hatte Marx ein gutes Einkommen gehabt. Aber davon war Leyendecker ausgegangen, sonst hätte er sich diese Wohnung nicht leisten können. Alles war ordentlich und aufgeräumt. Von einem alleinstehenden Mann hätte Leyendecker etwas mehr Unordnung erwartet.

Marx deutete auf einen der kleinen Sessel. „Nehmen Sie bitte Platz. Kann ich Ihnen etwas anbieten?"

Leyendecker winkt ab. „Danke nein. Ich bedanke mich, dass Sie sich etwas Zeit für mich nehmen."

Marx setzte sich Leyendecker gegenüber. „Jetzt bin ich aber gespannt, was die Polizei von mir will. Und dann kommt der Chef noch persönlich."

„Wie soll ich es sagen", begann Leyendecker. „Eigentlich ist es keine offizielle Polizeiangelegenheit. Sie müssten überhaupt nicht mit mir reden."

„Jetzt machen Sie mich erst recht neugierig. Um was geht es?"

„Mir ist da so ein alter Fall in die Hände gefallen, der mich persönlich interessiert. Sie werden sich sicher noch erinnern. Vor mehr als zwanzig Jahren wurde eine Frau namens Tanja Ortwein getötet."

Leyendecker merkte, wie sein Gegenüber sich sichtlich anspannte. Trotzdem antwortete er leichthin: „Jetzt enttäuschen Sie mich aber Herr Leyendecker. Das sind doch alte Kamellen. Der Täter wurde damals gefasst und verurteilt. Es war so ein aufstrebender Boxer, den Ortwein managte. Alles längst erledigt. Vermutlich hat er inzwischen seine Strafe abgesessen. Ich verstehe nicht, warum die Polizei da noch ermittelt."

„Nicht die Polizei", erwiderte Leyendecker. „Wie ich bereits sagte, interessiert mich der Fall persönlich."

Marx schwieg einen Moment. „Ich glaube, ich verstehe. Wurden Sie nicht vor längerer Zeit verletzt und sind seitdem nicht mehr im Dienst? Die Polizei hat doch inzwischen einen neuen Chef. Als Sie vor der Tür standen, habe ich nicht gleich geschaltet. Kurz gesagt, Sie langweilen sich, und da ist Ihnen der Fall Ortwein in die Hände gefallen."

„Wenn Sie es so sagen wollen, haben Sie wohl recht. Ich sagte bereits, dass Sie mir nicht antworten müssten."

„Aber nein, so war das nicht gemeint", antwortet Marx. „Ich beantworte all Ihre Fragen gern. Was wollen Sie wissen? Aber ich habe nicht viel Zeit. Ich bin mit meinem Sohn verabredet."

Leyendecker wunderte sich. War er doch davon ausgegangen, dass Marx ohne Familie war. Vermutlich, weil eine Familie in den Akten nie erwähnt wurde. „Vielleicht erzählen Sie mir erst einmal, welche Aufgabe Sie beim Ehepaar Ortwein hatten?"

„Mein Arbeitgeber war Bernd Ortwein. Er brauchte für seine verschiedenen Geschäfte einen Mann, dem er vertrauen konnte."

„Welche Geschäfte waren das?"

„Die waren vielfältig. Er handelte mit exclusiver Kunst, oder besser gesagt, mit exclusiven Antiquitäten. Er ist auch selbst ein begeisterter Sammler.

Dann war da das Sportmanagement. Dadurch hatte Herz ja den Zugang zu dem Haus der Ortweins. Ortwein managte ihn, und das Engagement schien sich auch auszuzahlen. Er stand kurz vor einem Kampf um die deutsche Meisterschaft, und ich glaube, dass er den Kampf auch gewonnen hätte, aber aus den bekannten Gründen ist es ganz anders gekommen. Eigentlich bedauerlich. Er stand vor einer großen Karriere. Neben dem Antiquitätenhandel und dem Sportmanagement gab es noch andere Geschäfte.

„Welcher Art waren die?", erkundigte sich Leyendecker.

„Finanzierungen, Beteiligungen. Sie werden aber verstehen, dass ich darauf nicht näher eingehen kann."

„Das verstehe ich", bestätigte Leyendecker. „Kommen wir nun zum Tag des Mordes. Was haben Sie da gemacht?"

„Ich bin so gegen zwei Uhr nachmittags ins Büro."

„War das normal? War das Büro im Haus der Ortweins?"

„Ganz richtig. Das Büro war im Haus der Ortweins. Ich hatte da ein Zimmer. Auch Ortwein hatte da einen Büroraum. Beide Räume hatten einen eigenen Zugang, aber waren durch eine Tür verbunden. Und die Arbeitszeit war durchaus üblich. Ich hatte keine festen Arbeitszeiten, aber die meiste Arbeit hatte ich durchaus in den Abendstunden."

„Bis wann waren Sie da?"

„Ich weiß nicht so genau. Ich bin wohl zwischen zehn und elf Uhr gegangen. Das war an den meisten Abenden so. Eine Stechuhr gab es nicht."

„Wer war da noch im Haus?"

„Frau Ortwein und ihr späterer Mörder."

„Frau Ortwein war also zu Hause. Irgendwo habe ich gelesen, dass sie zu ihrer Mutter wollte."

„Davon habe ich damals nichts gewusst."

„Mit dem späteren Mörder meinen Sie Rudolf Herz. Haben Sie ihn gesehen, als er gekommen ist?"

„Ja, das habe ich. Wann das war, kann ich heute nicht mehr sagen. Ich glaube, es war früher Abend. Ich habe das alles bei der Polizei angegeben und vor Gericht ausgesagt."

„Und er ist nicht vor Ihnen gegangen?"

„Zumindest habe ich das nicht bemerkt. Er hat ja auch selbst bestätigt, dass er zu diesem Zeitpunkt noch im Haus war."

„Kann jemand bestätigen, dass Sie das Haus verlassen haben?"

„Ich wüsste nicht wer. Als ich ging, habe ich niemand gesehen."

„Und als Sie nach Hause kamen?"

„Ich lebte damals schon in Scheidung. Ich habe keine Zeugen. Jetzt verstehe ich, worauf Sie raus wollen. Sie glauben, ich hätte noch im Haus sein können, als Frau Ortwein umgebracht wurde. Ich könnte als genauso gut ihr Mörder sein."

„Zumindest ist das eine Möglichkeit. Sie könnten aber auch den wahren Mörder gesehen haben."

„Ich denke, das habe ich tatsächlich. Und der wurde auch verurteilt. Schließlich war es nicht meine Zeugenaussage, die ihn ins Gefängnis gebracht hat. Es gab genug andere Indizien. Vielleicht hätte sich sein damaliger Anwalt Ihre Strategie zu eigen machen sollen. Möglicherweise hätte er einen Zweifel an seiner Schuld wecken können. Ich bin jedenfalls überzeugt, dass man den Richtigen verurteilt hat." Die anfängliche Gleichgültigkeit Marx´ war nun einer gewissen Verärgerung gewichen.

„Nicht dass Sie mich falsch verstehen", lenkte Leyendecker ein. „Ich beschuldige Sie in keiner Weise. Ich möchte nur alles hinterfragen. Herz wurde damals lediglich aufgrund von Indizien verurteilt. Und soweit ich weiß, hat er die Tat nie gestanden."

Leyendecker hörte, wie sich ein Schlüssel im Schloss der Haustür drehte. Der Mann der hereinkam war eine imposante Erscheinung. Er war an die zwei Meter groß und hatte eine kräftige Statur. Entweder war er ein Sportler oder er ging regelmäßig ins Fitnessstudio. Das musste der Sohn sein, von dem Marx gesprochen hatte.

Der Mann grüßte kurz und wandte sich dann an seinen Vater. „Du hast Besuch. Soll ich später noch einmal wiederkommen?"

Leyendecker erhob sich. „Das wird nicht nötig sein. Ich glaube, wir waren ohnehin soweit fertig. Vielen Dank für Ihre Auskünfte Herr Marx. Ich glaube, ich finde allein raus."

Was hatte das nun gebracht, fragte er sich, als er draußen war. Eigentlich hatte er nichts Neues erfahren. Er hatte das Gefühl, dass man ihm nicht die ganze Wahrheit gesagt hatte. Aber beweisen konnte er das nicht. Es gab noch eine Zeugin, die wohl noch wichtiger als Marx war. Das war die Frau, die Ortwein das Alibi für die betreffende Nacht gegeben hatte.

„Ich bin mir sicher, dass da einer war", beharrte Klein. „Du hast ihn doch auch gesehen." Er schaute erwartungsvoll zu Enders.

Ulla hatte die beiden Streifenpolizisten zu sich gebeten, um sich über die Vorfälle beim Anwesen des Ehepaares Ortwein zu informieren.

Enders zuckte mit den Achseln. „Ich wäre mir da nicht so sicher. Du hast doch immer behauptet, dass da jemand sei. Wo sollte der denn auch hin sein. Über das Grundstück kann er nicht gelaufen sein. Der Alarm ging erst los, als wir darauf gestürmt sind."

„Manchmal spielen einem auch die Sinne etwas vor", sagte Ulla. „Vermutlich war da nichts. Es war wohl unglücklich, dass Sie die Alarmanlage ausgelöst haben, wodurch die Unruhe erst losging. Trotzdem, man kann nicht vorsichtig genug sein. Behalten Sie das Anwesen weiter im Auge."

„Wir sind vorerst raus aus der Nummer. Wir haben die Schicht getauscht", erklärte Enders. „Berger und Starck fahren jetzt die Nachtschicht."

„Für die Zukunft merken Sie sich bitte. Wenn Sie den Wagen verlassen, um etwas zu untersuchen, machen Sie bitte Meldung. Als der Alarm losging, konnte sich hier niemand einen Reim darauf machen. Man hat Sie angefunkt. Natürlich ohne Erfolg. Aber ich nehme an, der Herr Peters hat Ihnen bereits ein paar warme Worte gesagt."

Die beiden nickten und grinsten verstohlen.

„Hallo Berger, hallo Starck. Hört ihr mich?"

„Laut und deutlich", erwiderte Berger. „Was ist los?"

„Wo seid ihr gerade?"

„Nister, Hammerstraße."

„Im Bereich der Moschee wurden verdächtige Gestalten gesehen."

Vor einiger Zeit hatte der Bau der Moschee in Hachenburg einigen Wirbel verursacht. Der hatte sich inzwischen etwas gelegt. Das mochte auch daran liegen, dass die Bauarbeiten nicht so recht vorangingen.

„Alles klar", sagte Berger. „Wir sehen uns das mal an."

Starck bog die Westumgehung links in die Koblenzer Straße ab, um kurz darauf rechts abzubiegen.

„Fahr gleich hier vorne ran", bat Berger. „Wir steigen aus und sehen uns das zu Fuß an", meldete Berger über Funk. Vorsichtig näherten sie sich dem Bauwerk.

„Scheint niemand da zu sein", stellte Starck fest, als sie vor der Einzäunung des Rohbaus standen. Das Gebäude war rundum durch einen Zaun gesichert.

„Vielleicht sind sie schon weg, oder es war Fehlalarm."

„Sieh mal. Die Tür im Zaun ist offen. Das ist doch seltsam."

„Wir gehen rein und sehen nach", sagte Berger. Er rechnete zwar nicht ernsthaft mit Problemen, aber irgendwie hatte er ein komisches Gefühl.

Sein Gefühl sollte sich bewahrheiten. Sie waren erst wenige Schritte gegangen, als sie hinter sich ein metallisches Knacken hörten. Unverkennbar wurde der Hahn eines Revolvers gespannt. Zunächst waren sie wie erstarrt. Bevor sich die Erstarrung löste, hörten sie hinter sich eine Stimme: „Ganz ruhig meine Herrn! Die Waffen auf den Boden und die Hände in den Nacken!"

Berger zögerte einen Moment. Sollte er es riskieren, zur Seite auszuweichen und die Waffe zu ziehen?

„Denken Sie nicht einmal daran", erklang eine zweite Stimme.

Berger und Starck folgten dem Befehl.

Einer der Männer näherte sich von hinten und fixierte ihre Handgelenke auf ihrem Rücken mit Klebeband. Dann stülpte man ihnen dunkle Kapuzen über.

„Durchsuch Sie!", befahl die erste Stimme. „Und nimm Ihnen die Handys ab!"

Man leerte ihre Taschen und warf alles was darin lag, achtlos auf den Boden. Ihre Handys gingen knirschend zu Bruch, als man sie mit dem Absatz zertrat.

„Du kannst jetzt kommen", sagte einer der beiden in sein Handy.

Kurz darauf hörten sie, wie ein Fahrzeug mit Dieselmotor vorfuhr.

„Auf geht's!", befahl einer der Männer und packte Berger am Arm.

„Was soll das hier?", zürnte der. „Seid ihr bekloppt, zwei Polizisten zu entführen? Dafür wandert ihr lange in den Knast. Wo bringt ihr uns überhaupt hin?"

„Halt einfach die Klappe!", erhielt er zur Antwort. „Da will jemand mit euch reden. Ihr habt etwas, was ihm gehört. Vorwärts!", kommandierte der Entführer und knallte ihm den Ellenbogen in den Rücken.

„Stehen bleiben!", forderte man sie auf, als sie wieder Asphalt unter ihren Füßen spürten. Sie hörten, wir die Tür im Heck eines Fahrzeugs geöffnet wurde. Man stieß sie vorwärts, und sie landeten auf der Ladefläche eines Kleintransporters.

„Keinen Mucks!", befahl einer der Entführer und schloss die Hecktür. Kurz darauf setzte sich das Fahrzeug in Bewegung.

Ullas Handy klingelte. Sie nahm ab und hörte schweigend zu. Dann sagte sie: „Wir treffen uns bei der Moschee."

„Was ist los?", erkundigte sich Leyendecker, als sie wieder aufgelegt hatte.

„Berger und Starck sind verschwunden. Ich hätte nicht erwartet, dass die so schnell reagieren würden." Sie griff nach ihrem Laptop.

„Wer hat schnell reagiert?"

„Erkläre ich dir alles später", antwortete sie." Sie drückte eine Kurzwahltaste ihres Handys. „Es geht los", sagte sie, als der Teilnehmer sich gemeldet hatte, „früher als erwartet."

Ulla ergriff noch ihre Autoschlüssel und war kurz darauf verschwunden.

Leyendecker blieb kopfschüttelnd zurück. Er würde sich wohl nie daran gewöhnen, nicht mehr Teil des Apparates zu sein.

„Was hat das denn zu bedeuten", fragte Starck. „Das ist verdammt ungemütlich hier."

„Hoffen wir, dass es nicht wirklich ungemütlich wird. Du kannst dir doch denken, was das bedeutet. Die haben verdammt schnell reagiert. Und die haben nicht viele Skrupel, einfach so zwei Polizisten zu entführen."

„Wo es wohl hingeht?"

„Es kann überall hingehen", sagte Berger. „Wir sind da vorne nach links gefahren. Die grobe Richtung ist Koblenz. Sieh mal zu, ob du an meine Kapuze kommst. Vielleicht kann ich dann was sehen. Das ist die Kapuze, und das sind meine Haare. Nimm nur die Kapuze.

„Siehst du was?" erkundigte sich Starck.

„Hier drin ist es stockdunkel. Das Ding hat keine Fenster. Keine Chance. Wir können nur abwarten."

Die beiden Streifenpolizisten erwarteten Ulla bereits. „Da vorne steht der Streifenwagen. Aber von Starck und Berger keine Spur. Da bei der Moschee haben wir zwei kaputte Handys gefunden. Wenn die den beiden gehören, können wir sie auch nicht orten.

„Ziehen Sie sich Ihre Schutzwesten an! Beeilen Sie sich!", wies Ulla an. „Wir fahren mit meinem Wagen."

Ulla hatte gerade ihre Weste aus dem Kofferraum geholt und ebenfalls angezogen, da waren die beiden auch schon da. Ulla warf einem ihren Schlüssel zu. „Sie fahren!"

Ohne Überraschung zu zeigen, zwängte er sich auf den Fahrersitz. „Der Streifenwagen ist wohl zu auffällig. Ein gelber Mini …", zweifelte er.

Er hat recht, dachte Ulla. Aber sie hatte nun mal kein anderes Fahrzeug. Leyendeckers alter Z3 wäre auch nicht geeignet gewesen.

Sie wies den zweiten Polizisten an, auf der Rückbank Platz zu nehmen. Sie selbst setzte sich auf den Beifahrersitz und öffnete ihren Laptop.

„Wo geht´s hin?", erkundigte sich der Fahrer.

„Erst einmal Richtung Merkelbach", entgegnete Ulla. Ich sage Ihnen dann bescheid."

Aus dem Laptop ertönte ein Piepton.

„Sagen Sie bloß, die sind verwanzt?", fragte der Fahrer.

„Etwas in der Art", erwiderte Ulla.

„Sie haben also mit so etwas gerechnet."

„Reden Sie nicht weiter", antwortete Ulla. „Ich weiß, was Sie jetzt denken. Da rechnet sie mit der Entführung von zwei Kollegen und macht sich dann mit zwei unvorbereiteten Streifenpolizisten auf die Verfolgung. Keine professionelle Arbeit. In der Tat muss ich Ihnen recht geben. Aber zu meiner Entschuldigung kann ich anführen, dass wir das nie und nimmer schon jetzt erwartet hätten. Außerdem liegt die Oberhoheit bei den Kollegen aus Koblenz. Wir müssen das Beste aus der Sache machen. Geben Sie Gas."

„Wir sind also nicht allein. Gut zu wissen."

„Zumindest hoffe ich das. In Höchstenbach links ab in Richtung Mündersbach."

„Wir müssen etwas unternehmen", sagte Starck.

„Bin schon dabei", erwiderte Berger.

„Das kannst du aber gut verbergen."

„Warte ab und halt die Klappe."

Fünf Minuten war nichts zu hören. Lediglich gelegentlich war ein angestrengtes Stöhnen zu vernehmen. „Versuchen wir es", meldete sich Berger.

„Was versuchen wir?"

„Ich konnte ein Stückchen von dem Klebeband lösen. Versuch einmal, ob du es festhalten kannst. Ich halte es zwischen Damen und Zeigefinger der linken Hand. Leg dich rückwärts hinter mich. Ja so ist es gut. Etwas weiter links. Das ist nicht links. Das ist rechts, anders herum! Hast du es? Halt gut fest."

Ein schmatzendes Geräusch war zu hören. Das Klebeband löste sich ein Stück.

„Klappt doch. Greif etwas nach. So hast du mehr Gewalt."

Es war harte Arbeit, aber schließlich hatte Berger die Hände frei. Die Befreiung von Starck ging dann aber schneller.

„Das hätten wir schon mal", stellte Starck fest. „Und jetzt lass uns sehen, dass wir schnellstmöglich hier raus kommen."

„Nicht so einfach. Selbst wenn wir die Tür aufbekommen, können wir nicht so einfach auf die Straße springen. Wir müssen zumindest warten, bis die anhalten."

„Sie sind hinter Herschbach nach links abgebogen", teilte Ulla mit. „Sieht so aus, als wollten sie in Mogendorf auf die Autobahn."

„Dann aber vermutlich Richtung Frankfurt, wenn sie Richtung Köln wollten, wären sie weiter nach Dierdorf gefahren."

„Es ist wahrscheinlicher, dass es in Richtung Koblenz geht."

„Wie weit sind wir etwa hinter ihnen?"

„Etwa einen Kilometer. Wenn wir in dem Tempo weiterfahren, müssten wir sie kurz vor der Autobahn eingeholt haben."

„Da vorne der Kleintransporter", sagte Ulla, als sie kurz vor dem Kreisverkehr bei Mogendorf waren. „Ich vermute, sie sind da drin."

„Was machen wir?"

„Vorläufig beobachten wir nur. Folgen wir Ihnen auf die Autobahn."

„Ich hatte recht, es geht nach Koblenz", stellte Ulla dann auf der Autobahn fest. „Halten Sie Abstand."

„Kurz hinter der Ausfahrt Höhr-Grenzhausen sah Ulla drei dunkle SUVs auf der Gegenfahrbahn. Sie griff zum Handy. „Kann das sein, dass Sie kurz vor Höhr-Grenzhausen sind, Herr Höbel. Sie haben uns gerade passiert. Ich hoffe, Sie schaffen die Ausfahrt noch. Irgendetwas ist da los. Sie werden langsamer. Sie haben den Blinker gesetzt. Sie wollen abfahren. Wenn mich nicht alles täuscht, ist da so eine Art Rastplatz. Wir biegen ab. Bitte beeilt euch Kollegen."

Sie werden langsamer", sagte Starck. „Was machen wir. Sollen wir rausspringen?"

„Ich weiß immer noch nicht, wie die verdammte Tür aufgeht. Es ist ja auch stockdunkel hier drin. Sie halten an."

Von draußen waren Schritte zu hören, die sich dem Heck näherten.

„Wenn sie aufmachen, greifen wir sie an",
flüsterte Karlchen. „Wir haben den Vorteil des
Überraschungsmomentes."

Die Tür ging auf und zwei Taschenlampen
blendeten sie.

Karlchen sprang, ohne etwas erkennen zu
können auf den Lichtkegel zu. Er hoffte, dass
Starck es ihm gleichtun würde. Er landete auf
einem menschlichen Körper, der sofort unter der
Last zusammenbrach. Etwas Metallisches schlit-
terte über den Asphalt. Neben sich hörte er, wie
Starck mit dem anderen Mann rang.

„Sehr schöne Vorstellung die Herren", hörte
er eine Stimme hinter sich. „Hört sofort auf damit. Wir benötigen allenfalls einen von euch."

„Verflixt!", fluchte Berger. Es waren ja drei
gewesen. Die beiden, die ihnen aufgelauert hatten und der, den sie mit dem Fahrzeug herbeige-
rufen hatten. Es war schief gegangen. Er rappelte
sich hoch und hob die Hände. Er sah aus den
Augenwinkeln, dass Starck seinem Beispiel folgte.

Der Kerl hielt eine Waffe im Anschlag. „Da
geht's hin!", befahl er und deutete in Richtung
Ausfahrt. Berger sah, dass dort eine größere Limousine parkte.

Plötzlich erleuchteten Scheinwerfer die Sze-
nerie. Ein PKW hielt mit quietschenden Reifen,
die Beifahrertür flog auf, und eine Frau sprang
heraus.

„Das ist Ulla", stellte Berger erfreut fest.

„Polizei!", rief Ulla. „Lassen Sie sofort die Waffe fallen!"

Der Verbrecher zielte in Ullas Richtung.

Berger sprang ihn mit der Wucht seines mächtigen Körpers an und rammte ihm den Ellenbogen ans Kinn. Der Schuss löste sich, richtete aber keinerlei Unheil an.

Bergers Gegner war zu keiner Regung mehr fähig. Die anderen Entführer standen mit erhobenen Händen da. Ulla und ein weiterer Streifenpolizist kamen herbeigeeilt.

Der Motor der Limousine sprang an. Plötzlich beleuchteten mehrere Scheinwerferpaare das Geschehen. Drei dunkle Geländewagen rollten heran.

Ulla deutete nach vorn, während die Limousine sich in Bewegung setzte.

„Hier ist die Polizei", ertönte eine Lautsprecherstimme, „halten Sie sofort an!"

Der Fahrer des Wagens folgte dieser Aufforderung nicht. Der Wagen näherte sich immer weiter der Ausfahrt. Der Motor des vorderen Geländewagens heulte auf, und der SUV raste unaufhaltsam auf die Limousine zu. Ein ohrenbetäubender Knall untermalte das Bersten von Glas und Metall, als der Geländewagen seitwärts auf die Limousine traf und sie zur Seite schob. Drei schwarz gekleidete Männer mit Maschinenpistolen sprangen aus dem SUV und rissen die Türen des anderen Fahrzeugs auf. „Nehmen Sie die Hände über den Kopf und kommen Sie raus da!"

Dem Fahrer, einem großen bulligen Mann, mussten die Männer behilflich sein, denn der hatte sich anscheinend bei dem Aufprall etwas verletzt. Er schien benommen zu sein, und Blut lief aus einer Platzwunde an seiner Stirn.

Aus dem Heck kroch ein kleiner korpulenter Kerl in einem dunklen Kaschmirmantel. „Ich verlange einen Anwalt, vorher sage ich kein Wort", waren seine ersten Worte.

Da klickten auch schon die Handschellen an seinen Handgelenken. „Alles zu seiner Zeit", erhielt er als Antwort.

Berger und Starck machten inzwischen mithilfe ihrer beiden Kollegen die drei Entführer dingfest.. Derjenige, den Karlchen niedergestreckt hatte, machte keine Probleme. Er lag immer noch reglos da.

Einer der beiden anderen versuchte, Widerstand zu leisten, gab aber gleich klein bei, als Berger ihm den Ellenbogen in die kurzen Rippen rammte.

„Ich freue mich, dass wir euch wohlbehalten zurückhaben. Das war ja ziemlich knapp", fand Ulla.

„Eine unserer leichtesten Übungen", erklärte Berger. „Wir wussten doch, dass wir uns auf dich verlassen können."

„Ich gebe zu, ich habe doch etwas gezweifelt," erklärte Starck. „Wir waren völlig perplex, als die mit der Knarre hinter uns aufgetaucht sind. Gott sei Dank hat der Notfallplan funktioniert. Und wir hatten die Sender bereits bei uns. Wie funktionieren die Uhren eigentlich?"

„So ganz genau weiß ich das auch nicht. Es ist wohl eine Mischung zwischen Telefon und Funk. Als ihr die Krone gedrückt habt, haben die sich ins Netz eingewählt. Der Rest funktioniert wohl mit Funkpeilung und GPS. Zumindest vermute ich das. Die Techniker haben das zwar erklärt, aber das meiste habe ich nicht verstanden. Jedenfalls habt ihr euch gut geschlagen. Allerdings habe ich von euch nichts anderes erwartet. Trotzdem war es eine heikle Angelegenheit. Ich will mir gar nicht ausdenken, was los gewesen wäre, wenn das schiefgegangen wäre."

„Ist es aber nicht. Wir kannten ja das Risiko und haben uns freiwillig darauf eingelassen. Unsere Schicht ist gleich rum. Dann gibt es erst einmal ein, zwei Bier und dann ins Bett", erklärte Karlchen, „falls ich überhaupt schlafen kann."

„Ich fürchte, daraus wird nichts." Lars Höbel war inzwischen hinzugetreten. „Wir schaffen die Kerle erst einmal nach Koblenz. Da werden sie morgen dem Haftrichter vorgeführt. Dafür benötigen wir eure Zeugenaussage Kollegen. Tut mir leid."

„Ich schreibe den Bericht erst nach dem Schlafen", erklärte Ulla. „Eigentlich wäre ich ja überhaupt nicht im Dienst. Da fällt mir ein. Ich muss den Kollegen in Hachenburg Bescheid geben, dass alles gut gegangen ist. Die sind vermutlich in heller Aufregung."

Sie zückte ihr Handy. „Nahezu alle Kollegen sind hier versammelt", erklärte man ihr. „Der Dienstellenleiter will Sie sofort sprechen Frau Stein."

„Hallo!", rief Ulla. „Der Empfang ist hier furchtbar schlecht." Sie beendete das Gespräch.

Kapitel 5

Da hast du dich aber weit aus dem Fenster ge-
lehnt", fand Leyendecker, als Ulla ihm von den
Geschehnissen der Nacht berichtete, „die Sache
ohne das Wissen des Dienststellenleiters durch-
zuziehen. Das war sehr gewagt, um nicht zu sagen unverschämt."

„Eigentlich war das ja eine Sache der Koblenzer. Ich sollte nur im Notfall tätig werden. Wir
wurden sozusagen auf dem falschen Fuß erwischt. Da musste ich wohl oder übel eingreifen.
Ich konnte doch nicht tatenlos zusehen, wie die
zwei unserer Kollegen entführen."

„Ich glaube nicht, dass du dich darauf rausre-
den kannst. Immerhin habt ihr zwei Polizisten,
die nun einmal zu Peters´ Dienststelle gehören,
als Lockvögel benutzt."

„Wie dem auch sei, die Sache ist gut gegangen, das ist das Wichtigste. Haben wir noch
Rotwein offen? Lohnt es sich überhaupt noch,
ins Bett zu gehen?"

Als Ulla zur Dienststelle kam, hatte sich die Aufregung kaum gelegt. Es kam ja nicht alle Tage
vor, dass zwei Kollegen entführt und dann spek-
takulär befreit wurden. Starck und Berger hatten
vor ihrer Zeugenaussage noch Zeit zum Telefonieren gefunden und ausführlich von den Ereig-

nissen berichtet. Allenthalben hatte man das Gefühl, die Kolleginnen und Kollegen zollten Ulla und den beiden Streifenpolizisten Anerkennung und Respekt und man hätte ihr gerne auf die Schultern geklopft. Lediglich die miese Laune des Dienststellenleiters hielt sie davor zurück.

Der hatte Ulla mit eisiger Mine in sein Zimmer gebeten, wo er ihr dann eine ausführliche Standpauke gehalten hatte. Er war persönlich verletzt, dass man ihn einfach übergangen hatte. Ulla konnte das sogar nachvollziehen. Also ließ sie die Tiraden still über sich ergehen.

Am Schluss untersagte er Ulla erneut jegliche Zusammenarbeit mit Lars Höbel, die er nicht im Einzelnen abgesegnet habe. Sie solle sich gefälligst um ihre eigenen Aufgaben kümmern, da hätte sie genug zu tun.

Ulla wusste, dass mit den Verhaftungen der heutigen Nacht Lars Höbels Arbeit keineswegs beendet war. Sie glaubte nicht, dass die festgenommenen Männer für den Tod Gerald Spechts verantwortlich waren. Aber es blieb abzuwarten, was die Verhöre ergaben.

Jedenfalls hatte sie auch weiterhin die Absicht, mit Höbel zusammenzuarbeiten, vielleicht aber weniger offensichtlich.

Ulla hatte Christoph mitgeteilt, dass sie heute Mittag zum Essen nach Hause kommen würde.

Leyendecker hatte Tomatensoße mit Pilzen vorbereitet. Als Ulla ihn anrief, dass sie in einer

Viertelstunde da sein würde, setzte er Nudeln auf und briet noch zwei kleine Schnitzel.

Ulla hatte sich inzwischen entschlossen, nicht nur die Anweisungen des Dienstellenleiters zu missachten, sie hatte auch die Absicht, Leyendecker mehr einzubinden, da sich doch die Zusammenarbeit zwischen Höbel, Christoph und ihr in der Vergangenheit immer bewährt hatte, und sie wollte nicht auf Leyendeckers Hilfe verzichten.

Nach dem Essen unterrichtete sie ihn ausführlich über den Sachstand.

Leyendecker hörte ihr still zu, ohne sie ein einziges Mal zu unterbrechen. „Wir können festhalten, dass es vordergründig um Rauschgift geht. Aber bringt man für die paar Kilos einen Menschen um?"

„Immerhin hat man dafür zwei Polizisten entführt", unterbrach ihn Ulla.

„Da hat du auch wieder recht. Aber warum hätten die dann das Zeug im LKW lassen sollen. Sie wussten doch offenbar genau, wo das Rauschgift war. Oder geht es um zwei rivalisierende Rauschgiftbanden? Das ist doch eher unwahrscheinlich.

Es muss also noch einen anderen Grund für den Tod Spechts geben. Aber welchen? Liegt der Grund in seinem privaten Umfeld? Nicht sehr wahrscheinlich aber doch möglich. Ihr werdet nicht umhin kommen, sein Umfeld genauer zu untersuchen. Fangt mit seinem Handy an. Mit wem hat er telefoniert? Lest seine Textnachrichten. Vielleicht stoßt ihr auf irgendwas."

„Handy und PC liegen noch bei den Spezialisten in Koblenz. Ich hoffe, dass Höbel bald Zugriff darauf hat. Er wird diese Informationen dann an mich weitergeben."

„Kommen wir nun zu einer weiteren Möglichkeit. Spechts Tod hat nichts mit dem Rauschgift oder dem privaten Umfeld zu tun, dann muss er was mit seinen Reisen zu tun haben. Auch hier können euch Handy und PC möglicherweise weiterhelfen. Vermutlich hat er im Ausland ein anderes Handy benutzt. Aber er wird ja auch Kontakte nach seiner Rückkehr nach Deutschland gehabt haben. Es muss auch noch Verbindungen nach Südamerika gegeben haben. Irgendjemand hat ihm ja den Truck zum Schiff gebracht. Das hat ja auch Geld gekostet. Da fällt mir ein, was ist mit seinen Bankkonten?"

„Ein entsprechender Beschluss wurde beantragt", erklärte Ulla.

„Seht euch seine Veröffentlichungen im Netz an. Höbel hat doch sicher Leute, die euch das Zusammenstellen können. Möglicherweise findet ihr da irgendwelch Hinweise."

„Das wurde bereits veranlasst, aber das dauert seine Zeit. Auf den Frachtpapieren, die wir in seiner Wohnung gefunden haben, stand derjenige, der den Transport veranlasst hat. Ich versuche mal, mit ihm Kontakt aufzunehmen. Leider sind meine Spanischkenntnisse eher beschränkt.

In früheren Fällen haben wir uns ja öfter vor Ort umgehört. Das wird diesmal allerdings kaum möglich sein. Eigentlich schade. Das waren doch meist angenehme Abwechslungen."

Ulla nahm ihr Handy zur Hand und rief Höbel an, den sie tatsächlich erreichte, weil er gerade eine Pause von den Verhören der heute Nacht Festgenommenen machte. Leider sei er nicht viel weiter gekommen. Aber er hatte Durchsuchungsbeschlüsse für die Wohn- und Geschäftsräume der Inhaftierten erhalten. Er hatte die Hoffnung, dass sich weitere Beweise für die Verwicklung in die Geschäfte mit illegalen Rauschmitteln finden würden. Dass die Festgenommenen für den Tod des Weltenbummlers verantwortlich waren, glaubten sie ja ohnehin nicht.

Ulla unterrichtete Höbel über die recht einseitige Unterredung mit ihrem Dienststellenleiter, sie versprach aber, Höbel auch weiterhin zu unterstützen. Sie bat, ihr zuzuschicken, was die Spezialisten bei der Untersuchung des Handys und des Laptops bisher herausgefunden hatten. Außerdem benötige sie eine Kopie der Frachtbriefe. Höbel sagte alles zu, bat aber um etwas Geduld, da er sich wieder den Verhören widmen musste.

Es war ein recht trüber Tag. Aber das war Rudolf Herz ganz recht. Fiel er doch weniger auf, wenn er die Mütze tief ins Gesicht gezogen hatte. Er legte keinen Wert darauf, von irgendwem wiedererkannt zu werden. Er war zwar seit mehr als zwanzig Jahren nicht mehr hier gewesen, aber so sehr hatten die Jahre im Gefängnis ihn äußerlich nicht verändert. Innerlich sah das schon ganz anders aus.

Er hatte den alten Fiesta, den ihm ein Bekannter geliehen hatte, auf dem Parkplatz unterhalb des Burggartens geparkt, hatte dann mit Erstaunen festgestellt, dass man ein ganz neues Hotel gebaut hatte und war ziellos, so glaubte er wenigstens, weitergegangen. Umso erstaunter war er, als er plötzlich vor dem Haus stand, wo das ganze Dilemma begonnen hatte. Sein Unterbewusstsein hatte ihn zu dem Anwesen der Ortweins geführt.

Plötzlich kamen die alten Erinnerungen zurück. Hätte er etwas gegen die ganze Entwicklung tun können? Natürlich hätte er kein Verhältnis mit der Frau seines Managers beginnen sollen. Natürlich hätte er sich nicht auf den überforderten Pflichtverteidiger verlassen sollen. Wie blauäugig war es, darauf zu vertrauen, dass die Wahrheit ohnehin ans Licht kommen würde. Er hatte zwar gegenüber Leyendecker zu erkennen gegeben, dass für ihn mehr oder weniger die ganze Sache abgeschlossen sei. Aber jetzt stellte er fest, dass das ganz und gar nicht der Fall war. Ihn überkam wieder diese überschäumende Wut, die ihn damals zu einem unberechenbaren Kämpfer gemacht hatte. Am liebsten wäre er in das

Haus dort drüben eingedrungen und hätte alles kurz und klein geschlagen.

Er atmete mehrmals tief durch. So langsam beruhten sich seine Nerven wieder. Es ist besser, wenn du jetzt gehst, dachte er, bevor du noch irgendeine Dummheit machst, die dich wieder einmal in Schwierigkeiten bringt.

Er wollte gerade gehen, als eine Frau aus dem Haus kam, die ihm bekannt vorkam. Sie mochte etwa fünfzig Jahre alt sein. Irgendwo hatte er die schon einmal gesehen, konnte sich jedoch nicht erinnern. Vermutlich war es ja über zwanzig Jahre her, dass er die Frau gesehen hatte. Seit dieser Zeit hatte sie sich doch wahrscheinlich sehr verändert. Er glaubte, dass er sie nicht allzu oft gesehen hatte. Aber irgendwie erschien es ihm wichtig, sich ihrer zu erinnern. Irgendwann würde es ihm schon einfallen.

Sie sah zu ihm herüber. Hatte sie ihn erkannt?

Rudolf Herz zog die Mütze noch tiefer ins Gesicht.

Die Frau zeigte keinerlei Anzeichen, dass sie ihn erkennen würde, drehte sich um und ging ins Haus zurück.

Herz wollte nicht auffallen. Fürs Erste hatte er genug gesehen. Er wusste, er würde zurückkommen, auch wenn das eigentlich keinen Sinn ergab. Irgendwie war er sich sicher, dass dies nicht seine letzte Begegnung mit der Frau war.

Höbel hatte Ulla Kopien der Transportpapiere zukommen lassen. Der LKW war von einem Mauricio Pulgar verschifft worden. Der war in einem Ort namens Cusco wohnhaft. Irgendwo hatte Ulla den Namen dieses Ortes schon einmal gehört, konnte jedoch im Augenblick keine Verbindung herstellen. Gern hätte sie diesen Pulgar vernommen, aber das war leider nicht möglich. Zum einen war der für sie nicht erreichbar und ein Amtshilfeersuchen würde wohl ewig dauern und wohl auch keinen Erfolg bringen.

Aber was hinderte sie daran, den Mann einfach anzurufen. Gegen ein unverbindliches Gespräch hatte doch niemand etwas einzuwenden. Da tat sich allerdings ein größeres Hindernis auf. Ullas Spanischkenntnisse beschränkten sich auf einen Anfängerkurs bei der Volkshochschule. Sie würde in einem spanisch sprechenden Land nicht verhungern oder verdursten. Aber viel weiter kam sie damit nicht. Allerdings hatte sie im örtlichen Tennisklub zusammen mit einer Spanierin gespielt, die einen Deutschen geheiratet hatte. Die hatte damals den Spanischkurs geleitet. Den Tennisklub gab es nicht mehr, und Ulla hatte den Kontakt zu Maria inzwischen verloren. Es war an der Zeit, diesen Kontakt etwas aufzufrischen.

Wenige Sekunden, nachdem Ulla Marias Nummer gewählt hatte, meldete die sich.

„Mein Gott, Ulla, wie lange ist das her, dass wir uns nicht gesprochen haben. Bestimmt vier Jahre. Man liest von dir ja immer wieder aus der

Zeitung. Allerdings hat das in letzter Zeit auch etwas nachgelassen. Ich hoffe, du willst nichts Berufliches von mir?"

„Im weitesten Sinne doch", antwortete Ulla. „Aber du brauchst keine Angst zu haben, niemand verdächtigt dich. Was hältst du davon, wenn wir das bei einer Tasse Kaffee und einem Stück Kuchen besprechen?"

„Das ist mal eine gute Idee", zeigte sich Maria erfreut. „Sag mir Bescheid, wenn du Zeit hast."

„Wie wäre es mit sofort?"

„Warum nicht. Ich habe Zeit."

„Gut. In einer Viertelstunde in dem Café beim Busbahnhof."

Ulla schrieb sich den Namen und die Telefonnummer auf einen Zettel und machte sich auf den Weg.

Das Café war nur spärlich besucht. Ulla nahm an einem Tisch mit Blick auf die Straße Platz.

Kurz darauf erschien auch Maria. Sie trug eine dunkle Hose und eine weiße Bluse. Sie sah sich suchend im Café um.

Ulla winkte sie zu sich.

Maria kam lächelnd an den Tisch und setzte sich. „Schön, dass wir uns einmal wiedersehen. Was kann ich für dich tun?"

„Es ist viel zu lange her, dass wir uns gesehen haben", erwiderte Ulla. „Erst das Vergnügen, dann die Arbeit. Lass uns erst einmal was bestellen."

Sie winkte die Bedienung an den Tisch und orderte ein Kännchen Kaffee. Maria nahm eine Nusstorte und Ulla eine Käsesahne.

Als sie fertig gegessen hatten, zog Ulla den Zettel aus der Tasche. „Ich müsste mit diesem Mann sprechen, aber meine Spanischkenntnisse sind so gut wie nicht vorhanden, und da habe ich an dich gedacht."

„Habt ihr bei euch keine Übersetzer?"

„Doch. Ich könnte einen anfordern. Aber das dauert, und ich müsste es begründen. Ehrlich gesagt würde mir das schwerfallen. Das ist eigentlich nicht mein Fall."

„Natürlich helfe ich dir gern", sagte Maria. „Kannst du mir vorher sagen, um was es geht? Oder ist das ein Geheimnis?"

„Das ist kein Geheimnis. Du hast doch auch von diesem Globetrotter gehört, den man tot aufgefunden hat. Der Mann auf dem Zettel hat den Truck des Toten aus Peru verschifft. Ich wollte nur mal nachhören, ob er mir sonst etwas sagen kann."

„Das ist ja spannend", freute sich Maria. „Es geht um einen Mord. Gib her, ich rufe gleich an." Sie bekam vor Aufregung ganz rote Wangen. „Das ist mein erster Kriminalfall."

„Nimm mein Handy", bat Ulla und schob das Telefon über den Tisch. „Ich nehme nicht an, dass deine Flatrate Peru einschließt."

Maria wählte. „Da ist keine Verbindung", erklärte sie nach einer Minute.

„Wie keine Verbindung?", erkundigte sich Ulla. „Besetzt, oder vorübergehend nicht erreichbar?"

„Nein, die Nummer ist offenbar nicht vergeben."

„Das kann eigentlich nicht sein. Vielleicht ein Schreibfehler. Ich rufe mal die gute alte Auslandsauskunft an.

„Ich suche die Nummer eines Mauricio Pulgar in Cusco, Peru", erklärte Ulla.

„Ich habe hier drei. Können Sie das näher präzisieren."

„Ich habe hier eine Nummer." Sie gab die ihr die vorliegende durch. „Ist vielleicht eine ähnliche dabei?"

„Die gehört zu keinem von den drei Genannten. Die hat tatsächlich existiert, wurde aber vor etwa drei Wochen gelöscht. Anscheinend gibt es die Person nicht mehr. Zumindest ist kein Telefon auf ihn angemeldet."

„Sackgasse", fand Ulla enttäuscht, als sie aufgelegt hatte. „Die Nummer wurde vor drei Wochen gelöscht."

„Und jetzt?", erkundigte sich Maria.

„Wie ich schon sagte, Sackgasse. Ich kann ja schlecht einen Privatdetektiv nach Peru schicken und dort ermitteln lassen. Ich sehe noch eine vage Chance. Ich habe da so eine Bekannte, die ist Redakteurin bei einem Kölner Boulevardblatt." Dann zögerte sie. „Eigentlich ist das ja Christophs Bekannte. Ich bezweifle auch, dass sie uns weiterhelfen kann. Ich glaube, das ist doch keine so gute Idee."

„Sieh doch mal im Internet nach, was es zu diesem Pulgar gibt. Manchmal findet man ja da was."

„Im peruanischen Internet? Ich glaube da bin ich zu dumm für. Ich wüsste nicht, wie ich da rein komme. Und da ist dann noch die Sprache."

„Die Sprache kann ich. Und ich kenne da so einen Nerd, der macht dir alles im Internet."

„Nichts Illegales. Und außerdem kann ich ja nicht jeden mit dem Fall beschäftigen."

„In unserem Fall würden wir uns nur frei zugänglicher Daten bedienen. Da sehe ich nichts Illegales, und mehr als in den Zeitungen stand, musst du ihm ja auch nicht sagen. Mein Bekannter macht das gern. So gut kenne ich ihn doch. Der freut sich, wenn er uns helfen kann."

Ulla dachte einen kurzen Moment nach. „Also gut versuchen wir es. Ich glaube zwar, dass ohnehin nichts dabei herauskommt. Aber die meisten Spuren führen ja zu keinem Ergebnis. Hier und da ist dann einmal die richtige dabei. Man muss es nur oft genug versuchen."

Leyendecker war neugierig, ob sich der Lebber immer noch in dem Haus seiner Großeltern aufhielt. Vermutlich musste er sich doch regelmäßig auf einer Polizeidienststelle oder bei einem Bewährungshelfer melden. Er näherte sich vorsichtig dem Fenster, in das ihn Rudolf Herz damals hineingezerrt hatte. Bevor er es ganz erreicht hatte, wurde es von innen geöffnet. Der Lebber war noch da.

„Du kannst vorne zur Tür hereinkommen."

Als Leyendecker zur Haustür kam, öffnete Herz sie einen Spalt.

„Komm schnell rein. Es muss ja nicht jeder wissen, dass ich mich hier aufhalte. Ich habe ein neues Schloss angebracht.".

Anscheinend war im Inneren des Gebäudes einmal gekehrt worden. Alles wirkte etwas Aufgeräumter, ohne dass man es ordentlich hätte nennen können.

Herz reichte ihm ein Bier. „Gut gekühlt", verkündete er stolz. „Ich habe mir einen Gaskühlschrank besorgt. Strom kann ich leider nicht anmelden. Das würde dann doch auffallen. Das Haus ist ja irgendwie herrenlos. Schön, dass du mich besuchst. Gibt es einen Grund für dein Kommen?"

Leyendecker setzte sich auf eine umgedrehte Getränkekiste. Herrenlos war das Gebäude wohl nicht. Irgendjemand musste doch die Steuer und Abgaben zahlen. Aber vielleicht hatte man auch eine Sicherungshypothek eingetragen. „Eigentlich habe ich keinen besonderen Grund. Ich war einfach nur neugierig, ob du dich noch hier aufhältst. Ich vermutete dich eigentlich auf Arbeitssuche."

„Das läuft alles", antwortete Herz. „Mach dir da mal keine Gedanken."

Jetzt merkte Leyendecker, dass ihn das alles ja nichts anging. „Entschuldigung, ich wollte dich nicht bevormunden. Um die Wahrheit zu sagen, mich hat dein Fall interessiert. Ich habe mir die Akten angesehen. Ich bin geneigt, dir zu glauben, dass du es nicht warst. Nach meiner Ansicht reichten die Beweise nicht aus, dich zu verurteilen. Aber leider genügt meine Ansicht nicht, um dem Fall wieder aufzurollen."

„Lass es gut sein. Ich habe meine Strafe abgesessen. Belassen wir es dabei."

„Ich habe auch mit diesem Marx gesprochen, du weißt doch, der damals für die Ortweins gearbeitet hat. Aber viel herausgekommen ist dabei nicht. Er hatte genauso wenig ein Alibi wie du. Hast du ihn gesehen, als er gegangen ist?"

„Ich wusste nicht einmal, dass er da war. Ich habe das erst durch seine Zeugenaussage erfahren."

„Wie dem auch sei. Ich kann mich des Eindrucks nicht erwehren, dass du den Kopf für jemand anderen hingehalten hast. Für mich ist auch eindeutig, wer das ist. Nur einer hatte ein Motiv, Tanja Ortwein zu töten. Das war Bernd Ortwein. Der hatte sogar zwei Motive, Eifersucht und Geld. Eins dieser beiden Motive spielt bei den meisten Morden eine Rolle. Bei dir treffen alle beide zu. Leider weiß ich nicht, wie wir das beweisen sollen."

„Ich sagte doch, lass es gut sein. Aber wenn du dich beschäftigen willst, um nicht aus der

Übung zu kommen, nur zu. Meinen Segen hast du."

„Eigentlich sehe ich da nur noch eine Möglichkeit", ließ sich Leyendecker nicht beirren. „Ortwein hatte damals ein Alibi. Dieses Alibi steht und fällt mit der Aussage der Frau, die die Nacht mit ihm verbracht haben will."

„Verdammt, das ist sie!", fuhr Herz dazwischen. „Ich wusste doch, dass es mir wieder einfällt. Die war das. Jetzt erinner ich mich wieder genau."

„Was meinst du?", erkundigte sich Leyendecker.

„Ich habe eine Frau gesehen und habe mir die ganze Zeit den Schädel zermartert, woher ich sie kenne. Das ist genau die Frau, von der wir gerade reden. Ich habe sie ja nur beim Gerichtsprozess gesehen. Und das ist ja mehr als zwanzig Jahre her."

„Du meinst du hast diese Frau gesehen? In den letzten Tagen?"

„Genau die war es. Ich bin mir ganz sicher."

„Wo hat du die gesehen?"

„Sie kam aus Ortweins Haus."

„Du warst bei Ortweins Haus? Das kann Ärger geben, wenn du da rum lungerst."

„Ich habe meine Strafe verbüßt. Ich kann mich aufhalten, wo ich will."

„Solange man dir das nicht als Stalking auslegt. Aber lassen wir das. Die Frau, die Ortwein das Alibi gegeben hat, kam aus seinem Haus?"

„Da bin ich mir ganz sicher. Und die war nicht zum ersten Mal da. Die kannte sich aus."

„Ich werde der Sache nachgehen, versprach Leyendecker. „Wir bleiben in Verbindung."

Kapitel 6

Maria klingelte. Kurz darauf öffnete ein etwa sechzehnjähriger junger Mann die Haustür. Der junge Mann saß in einem Rollstuhl. „Kommt rein", sagte er und machte den Weg frei.

„Wir haben dir etwas Kuchen mitgebracht Alex. Das ist Frau Stein von der Polizei," begrüßte Maria den jungen Mann.

„Muss ich mir Sorgen machen?", erkundigte sich Alex.

„Soweit mir bekannt ist, liegt nichts gegen Sie vor" beschwichtigte Ulla.

„Was nicht ist, kann ja noch werden. Ich bin Alex. In unseren Kreisen redet man sich mit du an."

„Ich bin Ulla."

„Dann folgt mir in mein Zimmer. Es ist nicht schwer zu erraten, dass ihr meine EDV-Kenntnisse benötigt."

Ulla hatte das Chaos erwartet, das üblicherweise in den Zimmern so junger Leute vorherrscht. Nichts dergleichen. Alles war aufgeräumt. Zahlreiche Fachbücher über Informatik standen sorgfältig sortiert neben ordentlich beschrifteten Ordnern. Ulla konnte es nicht beurteilen, aber die Computeranlage mit mehreren Monitoren und zwei Druckern war vermutlich recht teuer und leistungsstark.

„Nehmt Platz." Alex deutete auf ein paar Stühle. „Wie kann ich euch helfen?"

Ulla reichte ihm einen Zettel. „Wir müssen möglichst viel über diesen Mann erfahren."

„Mauricio Pulgar", las Alex. „Aus Cusco. Ist es dieses Cusco mit den Inkas?"

„Deshalb kam mir der Name der Stadt so bekannt vor. Bisher konnte ich aber keine Verbindung herstellen. Aber im Zusammenhang mit den Inkas habe ich davon gehört. Das muss es sein. Es liegt in Peru", erklärte Ulla.

„Hier kommen die ersten Schwierigkeiten. Ich kann zwar etwas Spanisch, aber das reicht nicht aus. Ich kann ein Übersetzungsprogramm mitlaufen lassen, aber ich habe damit keine guten Erfahrungen gemacht." Dann sah er Maria an und lachte. „Wie dumm von mir. Wir haben uns ja bei dem Spanischkurs kennengelernt, den du gehalten hast. Ich gehe ins peruanische Internet, und du sagst mir, was ich tun soll."

Kurze Zeit später erschienen einige spanische Zeilen.

„Das da sieht aus, wie die Adresse einer Homepage", stellte Maria fest. „Klick mal an. Es ist eine Homepage. Er hat eine Autowerkstatt. Die Telefonnummer stimmt mit der überein, die wir anrufen wollten. Such mal weiter. Vielleicht versuchst du es mal mit den Zeitungen. Geh mal drei Wochen zurück und dann immer weiter in die Vergangenheit. Halt mal an. Das da sieht fast aus, wie eine Todesanzeige. Treffer, es ist eine

Todesanzeige. Kein Wunder, dass er nicht ans Telefon geht. Vor dreieinhalb Wochen, plötzlich und unerwartet aus dem Leben gerissen."

„Vielleicht ein Unfall", sagte Ulla.

„Das steht hier nicht."

„Kann man mal in den Tageszeitungen blättern, die vor dem Datum waren?"

Es blieb eine Zeit lang still. „Da, muerte, das könnte etwas sein. Das muss es sein. Da steht, dass ein Mauricio P. ermordet in seiner Werkstatt aufgefunden worden ist. Anscheinend wurde er gefoltert und dann wurde ihm die Kehle durchgeschnitten."

Alex fand noch mehr Artikel in anderen Zeitungen. Aber mehr erfuhren sie nicht. Ulla wusste nicht so recht, was sie mit diesen Informationen anfangen sollte. Pulgar würde ihnen keine Auskünfte mehr erteilen. Hingen die Morde im Westerwald und in Südamerika zusammen? Ob sie das jemals erfahren würden? Vielleicht sollte sich Höbel doch über Interpol mit den peruanischen Kollegen in Verbindung setzen. Kurzfristig waren da allerdings keine Ergebnisse zu erwarten. Es lag noch eine ganze Menge Arbeit vor ihnen.

„Was bin ich dir schuldig", fragte Ulla, bevor sie sich verabschiedeten.

„Der Kuchen genügt", antwortete Alex. „Vielleicht kannst du ja auch mal etwas für mich tun. Danke für euren Besuch."

Leyendecker nahm sich nochmals die abgespeicherten Prozessunterlagen des Lebbers vor. Die Frau, die damals das Alibi Ortweins bestätigt hatte, hieß Lisa Kramer. Lautete der Vorname von Ortweins Frau nicht auch Lisa? Ein Blick in die Einwohnermeldedaten schaffte Klarheit. Lisa Kramer war vor fünfzehn Jahren zu Ortwein gezogen und hatte ihn kurz darauf geheiratet. Der Lebber hatte sich also nicht getäuscht, als er glaubte, dass sich die Frau dort auskannte.

War das nun gut oder schlecht für Herz? Wenn man eine Neuauflage seines Prozesses anstrebte, hatte das wohl nur hinreichende Aussicht auf Erfolg, wenn man einen anderen Tatverdächtigen präsentierte. Dies konnte nach Lage der Dinge nur Ortwein sein. Lisa Ortwein hätte ein Zeugnisverweigerungsrecht gehabt. Vermutlich würde sie von diesem Recht aber keinen Gebrauch machen und würde bei ihrer damaligen Aussage bleiben. Ob das Gericht der Aussage der Ehefrau die gleiche Bedeutung beimessen würde wie damals?

Jedenfalls konnte Leyendecker die Absicht, die damalige Zeugin noch einmal zu befragen, um etwaige Ungereimtheiten zu ermitteln, vergessen. Derzeit sah er keinen weiteren Ansatz für seine Ermittlungen. Vielleicht sollte er den Fall doch vergessen. Aber so einfach war das nicht. Er hatte Blut geleckt. So ohne Weiteres würde ihm der Fall nicht aus dem Kopf gehen.

Ulla hatte versucht, Höbel zu erreichen, um ihm das Ergebnis ihrer Nachforschungen zu Mauricio Pulgar mitzuteilen, aber damit keinen Erfolg gehabt. Der schien wohl immer noch mit den Vernehmungen der an der Autobahn Festgenommenen beschäftigt zu sein.

Allerdings hatte der ihr inzwischen die Daten von Spechts Handyprovider übermittelt. Viel telefoniert hatte der seit seiner Rückkehr aus Südamerika nicht. Allerdings fielen ihr gleich zwei Gespräche mit der inzwischen gelöschten Nummer von Mauricio Pulgar auf. Dann waren da noch einige Gespräche mit einer Hamburger Vorwahl. Ulla nahm an, dass es da um die Einführung des Lkws ging.

Mehrere Gespräche waren mit einer Festnetznummer mit Hachenburger Vorwahl geführt worden, darunter das allerletzte Gespräch von Spechts Anschluss.

Die Nummer kam Ulla irgendwie bekannt vor. Sie war ihr erst kürzlich untergekommen. Ja richtig, es war die Nummer, die Lisa Ortwein ihr neben ihrer Handynummer gegeben hatte.

Specht musste also in irgendeiner Beziehung zu den Ortweins gestanden haben.

Ulla griff zum Telefon und wählte die Handynummer. Lisa Ortwein meldete sich auch gleich.

„Hallo Frau Ortwein, hier ist Ulla Stein von der Polizei. Ich wollte mich nur erkundigen, ob es weitere Vorkommnisse gegeben hat. Ist Ihnen noch etwas aufgefallen?"

Lisa Ortwein überlegte einen Augenblick. „Nein, ich glaube nicht. Seit dem Aufruhr, den Ihre Kollegen verursacht haben, ist alles soweit ruhig geblieben. Aber halt, da war gestern so ein Mann. Ich hatte den Eindruck, dass er das Haus beobachtete. Aber dieser Eindruck hat wohl getäuscht. Er ist kurz darauf gegangen. Ich glaube eh fast, dass ich mir das alles nur eingebildet habe."

„Haben Sie den Mann erkannt?"

„Es war ja nur ein kurzer Moment. Er trug eine Mütze. Die hatte er tief ins Gesicht gezogen. Ich konnte ihn nicht erkennen.

„Wenn noch etwas sein sollte, rufen Sie mich an. Halt, warten Sie. Da ist noch etwas. Kannten Sie Gerald Specht?"

„Wie kommen Sie denn jetzt auf den? Sie meinen diesen Globetrotter, den man ermordet hat. Das stand doch in der Zeitung. Ich kannte ihn nicht, habe ihn allerdings einige Male bei meinem Mann gesehen. Meinen Sie etwa, das habe etwas mit uns zu tun?"

„Persönlich kannten Sie ihn nicht? Haben auch nicht mit ihm telefoniert?"

„Nein, warum sollte ich?"

„Danke, das war alles. Wenn noch was sein sollte … Auf Wiedersehen."

Ulla hatte keinen Grund, an Lisa Ortweins Aussage zu zweifeln. Dann musste es der Ehemann gewesen sein, der mit Specht telefoniert hatte. Irgendeinen Grund würde es schon für die

Telefonate geben. Aber die Befragung Bernd Ortweins sollte besser Höbel übernehmen. Ulla hatte ohnehin die Anordnungen ihres Vorgesetzten missachtet. Aber das kümmerte sie recht wenig.

Fast hätte er ihn nicht wiedererkannt. Seit ihrer letzten Begegnung hatte er einige Haare verloren und einige Pfunde zugelegt. Es war ja auch mehr als zwanzig Jahre her, dass Ortwein und Herz sich vor Gericht zuletzt gesehen hatten.

Zu seiner Überraschung ging Ortwein nicht zu der großen dunklen Limousine, sondern machte sich zu Fuß auf den Weg.

Herz wartete einen Augenblick, bevor er den alten Fiesta verließ und Ortwein folgte. Er hielt sich in gebührender Entfernung, hätte sich jedoch keine Gedanken machen müssen, denn der Verfolgte schien kein Misstrauen zu hegen, er drehte sich nicht einmal um.

Herz folgte ihm an der Waldarbeiterschule vorbei, auf dem Schild hatte ein anderer Name gestanden, er hatte nicht genauer hingesehen, für ihn waren diese Gebäude jedenfalls noch die Waldarbeiterschule.

Kurz darauf war Ortwein abgebogen und in das hell erleuchtete Parkhotel eingetreten.

Herz wartete etwa fünf Minuten. Wäre er Ortwein unmittelbar gefolgt, hätte der ihn wohl sofort erkannt. Danach betrat er ebenfalls das Gebäude.

In der Hotellounge saßen zwei ältere Männer, die Zeitung lasen. Der angrenzende Barbereich war noch unbesetzt. Von Ortwein war weit und breit nichts zu sehen.

Herz war sich durchaus darüber im Klaren, dass sein Outfit nicht zum Ambiente dieses vornehmen Hotels passte. Die beiden Damen hinter der Rezeption sahen bereits verstohlen zu ihm herüber. Ortwein konnte hier zum Essen verabredet oder im Aufzug verschwunden sein, um eins der Zimmer aufzusuchen.

Entschlossen trat Herz an die Rezeption.

Eine der beiden Damen in weißer Bluse mit türkisfarbenem Halstuch trat auf ihn zu. „Wie kann ich Ihnen helfen mein Herr?" Der Tonfall war durchaus freundlich. Herz konnte keinen missbilligenden Unterton wegen seiner allzu legeren Kleidung heraushören.

„Sagen Sie, der Mann, der vorhin gekommen ist, war das nicht Bernd Ortwein? Können Sie mir sagen, wo er hingegangen ist?"

Nun schaute die Dame doch etwas erstaunt, aber ihr Ton war immer noch durchaus freundlich. „Warum wollen Sie das wissen?"

„Nun, wenn das Bernd Ortwein war, wir haben uns länger nicht gesehen. Ich hätte gern ein paar Worte mit ihm gesprochen." Während dieser Worte kramte Herz umständlich seine Geldbörse hervor.

Nun wurde der Ton der Dame doch etwas schärfer. „Lassen Sie Ihr Geld stecken. Unsere

Gäste können sich auf unsere Diskretion verlassen."

Herz sah ein, dass er sich etwas verrannt hatte. Es war an der Zeit, die Sache abzubrechen, bevor er noch mehr Aufmerksamkeit erregte. „Schon gut", brummte er.

„Der Mann hat wohl zu viele schlechte Krimis gesehen", hörte er noch hinter sich, als er Richtung Ausgang ging. Er hatte sich ziemlich blöd angestellt.

Draußen wartete er noch fast zwei Stunden. Er war durch die feuchte Kälte völlig ausgekühlt, als Ortwein endlich kam. Zu seiner Enttäuschung war er allein. Er folgte ihm in gebührender Entfernung. Aber es gab an diesem Abend nichts mehr zu beobachten. Als in der Villa der Ortweins das Licht im Flur anging, setzte er sich in den alten Fiesta und fuhr davon. Was hatte er nun erreicht? Er wusste selbst nicht, was er mit seinen Beobachtungen bezweckte.

An Spechts LKW waren DNS-Spuren festgestellt worden, die zwei der Entführer Starcks und Bergers zugeordnet werden konnten. Es gab also eindeutig Parallelen zwischen dem Rauschgift und der Entführung. Trotzdem schwiegen alle Beteiligten beharrlich.

Der Mann, der in der Limousine gesessen hatte, war der Polizei einschlägig bekannt. Er war wohl eindeutig der Drahtzieher bei der ganzen Sache. Allerdings behauptete sein Anwalt, sein Mandant habe weder mit dem Raschgift noch mit der Entführung zu tun. Der habe sich lediglich zufällig dort aufgehalten, bis er von den Einsatzkräften in roher Weise angegriffen worden sei. Er beabsichtige, Gegenklage auf Schmerzensgeld und Schadensersatz zu erheben. Eine Dienstaufsichtsbeschwerde sei bereits eingereicht worden. Höbel musste sich wahrscheinlich auf einen langwierigen Indizienprozess einstellen. Er brach die Verhöre zunächst ab. Den mutmaßlichen Chef der Bande musste er sogar auf freien Fuß setzen, da für ihn kein Haftbefehl ausgestellt wurde. Die Beweislage war angeblich zu dürftig. Das war alles einfach nur unbefriedigend.

„Hoffentlich haben Sie erfreulichere Nachrichten für mich Frau Stein. Sie haben versucht, mich anzurufen?"

„Wie man es nimmt Herr Höbel", antwortet Ulla. „Jedenfalls besteht die Möglichkeit, dass der Mord an Specht und ein Verbrechen in Peru zusammenhängen. Derjenige, der Spechts Truck zurück nach Deutschland geschickt hat, wurde ebenfalls getötet." Sie berichtete ausführlich über ihre Nachforschungen. „Ob das nun gute oder schlechte Nachrichten sind, müssen Sie beurteilen", endete sie.

„Leider weiß man das oft erst hinterher", erwiderte Höbel. „Ich werde mich über Interpol mit den dortigen Ermittlern in Verbindung setzen, aber das kann natürlich dauern. Gibt es sonst noch etwas?"

„Sie hatten mir ja dankenswerterweise die Auswertungen von Spechts Telefon zukommen lassen. Eine der Telefonnummern konnte ich identifizieren. Sie stammt von einem Hachenburger Ehepaar. Die heißen Lisa und Bernd Ortwein. Die Frau war vor einigen Tagen bei mir, weil sie glaubte, jemand lungere um ihr Grundstück herum. Ich habe sie angerufen. Sie sagt, sie kenne Specht nicht persönlich und habe auch nicht mit ihm telefoniert. Allerdings habe Specht ihren Mann gelegentlich aufgesucht. Das letzte Gespräch Spechts war mit dem Anschluss der beiden Ortweins. Peters, mein Dienststellenleiter, hat mir ja ausdrücklich untersagt, weiter zu ermitteln. Es erscheint mir sinnvoll, wenn Sie diesem Ortwein mal auf den Zahn fühlen. Viel mehr Anhaltspunkte haben wir ja nicht."

„Das will ich gerne tun. Ich bin froh, wenn ich hier mal wegkomme."

Lars Höbel hatte vorher einen Termin vereinbart, lief er doch sonst Gefahr, dass man ihn nicht einließ.

So wie Ortwein reagiert hatte, war diese Sorge auch nicht unbegründet. Er habe wenig Zeit und könne sich nicht vorstellen, was die Polizei von ihm wolle. Erst als Höbel angedeutet hatte, dass er Ortwein ja auch vorladen könne, hatte der eingelenkt.

Höbel läutete. Er hätte den Mann, der ihm öffnete auf etwa sechzig Jahre geschätzt, aber er wusste, dass er gerade einmal vierundfünfzig war. Die wenigen verbliebenen Haare waren inzwischen grau geworden. Der elegante Anzug konnte auch nicht kaschieren, dass er einige Pfunde zu viel auf den Rippen hatte. Der Mann war mittelgroß und machte äußerlich den Eindruck, dass er keiner Fliege etwas zuleide tun konnte, wären da nicht seine Augen gewesen. Höbel glaubte, darin etwas Verschlagenes zu erkennen.

Er zeigte seinen Ausweis. „Lars Höbel von der Kripo Koblenz. Herr Ortwein? Wir hatten miteinander telefoniert."

„Richtig", bestätigte Ortwein und machte jedoch keine Anstalten, den Besucher hereinzubitten. „Ich kann mir nicht vorstellen, was die Polizei aus Koblenz von mir will."

„Sollten wir uns nicht drinnen unterhalten?"

Ortwein trat widerwillig zur Seite. „Wenn Sie meinen."

Der Flur, oder besser gesagt, die Eingangshalle, war etwa dreißig Quadratmeter groß. Höbel hatte nicht sehr viel Ahnung von Kunst, auch wenn er gelegentlich das Museum Ludwig und das Arp-Museum aufsuchte. Die Bilder an den Wänden schienen von französischen Impressionisten zu sein. Vermutlich waren das keine Künstler der ersten Reihe. Einen Monet oder Gaugin hätte Höbel wahrscheinlich erkannt.

Trotzdem waren sie beeindruckend. Einige Tongefäße, die auf kleinen Podesten standen, schienen chinesisch oder japanisch zu sein. Sie wirkten alt, ohne dass Höbel in irgendeiner Weise eine Ahnung hatte, aus welcher Dynastie sie wohl waren. Außerdem standen da einige Skulpturen zu. Unter anderem waren da einige dieser schmalen, langen Figuren zu sehen, wie sie dieser italienische Künstler, Höbel erinnerte sich nicht an den Namen, entworfen hatte. Ein Stierkopf aus einem Fahrradlenker und einem Sattel hing dort an der Wand. Die Idee dazu war wohl bei Picasso gestohlen worden.

Ortwein sah, dass Höbels Augen auf dieser Skulptur verharrten. „Eigentlich hat die nichts hier zu suchen. Sie ist hier, um zu zeigen, dass sich selbst die größten Künstler kaum gegen Plagiate wehren können. Aber Sie sind sicher nicht gekommen, um sich meine Kunst anzusehen. Das alles hier können Sie kaufen."

Höbel sah, dass eine Treppe ins Erdgeschoss führte, das jedoch mit einer schweren Metalltür gesichert war. Höbel waren bereits draußen die Kameras und Bewegungsmelder aufgefallen. „Ganz recht", sagte Höbel, „ich bin nicht hier, um Ihre Kunst zu besichtigen, auch wenn das alles sehr beeindruckend ist. Kennen Sie Gerald Specht?"

„Sie meinen diesen Weltenbummler, denn man tot aufgefunden hat. Ich hatte gelegentlich mit ihm zu tun."

„Kannten Sie ihn näher?“

„Was verstehen Sie unter näher? Ich habe ihn etwas unterstützt, er war ja immer etwas klamm. Jedenfalls konnte er das Geld gut gebrauchen.“

„Gab es einen Grund für diese Unterstützung?“

„Keinen besonderen Grund. Ich habe ihn mal kennengelernt. Und ich fand seine Berichte im Netz interessant.“

Höbel bezweifelte sehr die edle Gesinnung Ortweins. Wenn dieser Mann Geld aus der Hand gab, dann wohl nur gegen eine entsprechende Gegenleistung. Aber sein Gegenüber würde ihm diese Gegenleistung nicht verraten. „Wie darf ich mir das vorstellen? In welcher Form und in welcher Höhe erfolgte diese Unterstützung?“

„Ich wüsste nicht, was das die Polizei angeht. Das ist Privatsache.“

„Bei Mord gibt es keine Privatsache.“

„Sie wollen doch nicht ernsthaft andeuten, dass meine Unterstützung und der Mord irgendwie zusammenhängen. Es waren Kleinigkeiten. Ich führe darüber kein Buch.“

„War das auch der Grund für die Telefonate?“

„Von welchen Telefonaten reden Sie?“

„Sie haben mehrfach mit dem Toten telefoniert.“

„Unter Bekannten telefoniert man halt gelegentlich.“

„Sie waren der Letzte, der mit ihm telefoniert hat. Kurz vor seinem Verschwinden.“

„Ich fürchte, da irren Sie sich. Mein letztes Gespräch liegt länger zurück. Aber halt warten Sie, da war neulich ein Anruf. Aber es war keiner dran."

„Haben Sie die Nummer erkannt?"

„Ich hatte meine Brille nicht an. Wenn das alles war, ich habe noch zu tun."

Höbel sah ein, dass er hier nicht weiter kam. Vielleicht verschaffte ja die Einsicht in Spechts Bankunterlagen weitere Erkenntnisse. Er verabschiedete sich. Viel war das ja nicht, was er herausgefunden hatte. Aber er war sich sicher, dass das nicht das letzte Zusammentreffen mit Ortwein sein würde.

Kapitel 7

„Sagt dir der Name Ortwein etwas?‚ erkundigte sich Ulla. Sie hatte sich entschlossen, die Anweisungen des Dienststellenleiters, was diesen Fall betraf, komplett zu ignorieren. Wenn sie also weiter ermittelte, konnte sie auch Leyendecker zu hundert Prozent einbeziehen.

Leyendecker wurde hellhörig. „Wir wissen ja beide, wer das ist. Er taucht hier und da in den Nachrichten auf. Ich bin mit dem Namen tatsächlich erst kürzlich konfrontiert worden. Wie kommst du jetzt drauf?“

„Er ist in unseren Ermittlungen aufgetaucht. Er war der Letzte, der mit unserem Mordopfer telefoniert hat. Inwiefern bist du mit diesem Namen konfrontiert worden?“

„Das ist eine lange Geschichte. Sagt dir ein Boxer, der den Kampfnamen Lebber trug, etwas?“

„Der Name sagt mir nichts. Nennt ihr nicht ein Stierkalb so?“

„Da hat du recht. Wie sollte der Name dir auch was sagen. Das ist lange her. Man nannte einen jungen Boxer, der von hier stammte, so. Diesem Boxer bin ich kürzlich begegnet, und dessen Geschichte ist eng mit der Ortweins verknüpft.“

„Du machst mich neugierig.“

Leyendecker berichtete Ulla ausführlich über die Begegnungen mit Rudolf Herz und seinen bisherigen Ermittlungen.

„Das erklärt zumindest, warum Frau Ortwein sich beobachtet fühlte. Sie hat dies bei uns gemeldet. Warum hat mir Karlchen denn nicht erzählt, dass Ortweins erste Frau umgebracht wurde? Er erzählt doch sonst alles."

„Vielleicht hielt er das nicht für so wichtig. Vielleicht ist er aber davon ausgegangen, dass du es wusstest. War wohl ein Irrtum. Aber dass wir beide zu gleicher Zeit mit den Ortweins befasst wurden, ist schon ein seltsamer Zufall."

„Und wenn es kein Zufall ist?"

„Ich wüsste nicht, wie die beiden Fälle zusammenhängen könnten."

„Vielleicht ist ja dieser Herz, den du Lebber nennst, die Verbindung. Er war ja schon aus dem Gefängnis entlassen, als der Globetrotter getötet wurde."

„Ausgeschlossen, damit hat Rudi nichts zu tun. Dafür lege ich meine Hand ins Feuer. Was habt ihr denn sonnst herausgefunden?"

„Da gibt es Einiges. Aber das passt nicht so richtig zusammen. In dem Laster war ja Koks versteckt. Keine Unmengen, aber ein paar Kilo, zu viel für den Eigenbedarf."

„Wir waren uns doch einig, dass das nicht der Grund für Spechts Tod war."

„Ganz richtig. Diejenigen, für die das Koks bestimmt war, haben Specht nicht umgebracht.

Die wussten nämlich genau, wo es versteckt war. Das Koks war noch im Truck. Wenn die ihn getötet hätten, hätten sie nie und nimmer das Zeug zurückgelassen.."

„Der Truck wurde von einem Mauricio Pulgar verschifft."

„Der hat also das Koks versteckt."

„Gut möglich, aber es muss noch mehr dahinter stecken. Zusammen mit Maria, du weißt doch, die aus dem Tennisklub und einem jungen Mann, haben wir das Internet durchforscht. Der Mann hatte eine Autowerkstatt. Ich sage bewusst hatte, denn er wurde inzwischen umgebracht. Man hat ihm die Kehle durchschnitten."

„Vermutlich war das Rauschgift der Grund."

„Das glaube ich nicht, wie ich schon sagte, da muss noch mehr dahinter stecken. Da gibt es noch etwas anderes. Wenn ich nur wüsste, was das ist."

„Leyendecker dachte ein paar Minuten nach. „So auf die Schnelle fällt mir auch nichts ein. Schade", sagte er dann.

„Was ist schade."

„Früher haben wir ja öfter gemeinsam vor Ort ermittelt. Das wird wohl jetzt nicht möglich sein."

„Leider nicht. Ich hatte auch schon daran gedacht. Aber heute müssen wir die Ermittlungen den Behörden vor Ort überlassen. Höbel hat Interpol eingeschaltet. Aber soviel Zeit haben wir nicht."

„Gehen wir mal davon aus, dass die Kerle, für die das Rauschgift bestimmt war, Verbindung zu diesem Pulgar hatten. Vielleicht erfahrt ihr ja da was."

Die Frau am Telefon stellte sich als Gretchen Santamaria von der DIRINCRI vor. Höbel wusste nicht, mit wem er es da zu tun hatte. Die Frau sprach fließend deutsch. Aber ein leichter südländischer Akzent war zu erkennen. Der Stimme nach zu urteilen, war sie kaum älter als vierzig Jahre.

„Ich habe Ihr Ersuchen gelesen, und da dachte ich, ich frische meine eingerosteten Deutschkenntnisse mal wieder etwas auf. Ich bin in der Nähe von Koblenz, in Vallendar, geboren. Ein Austausch unter Kollegen, ohne die ganzen Formalitäten."

„Was sagten Sie, wovon Sie seien? Was ist dieses Diridings, und von welchem Ersuchen reden Sie?"

Die Frau am Telefon lachte herzlich. „Verzeihen Sie. Die DIRINCRI ist in Peru so etwas wie bei Ihnen die Kriminalpolizei. Und wenn ich von dem Ersuchen rede, meine ich die Anfrage von Interpol. Sie werden hier als Ansprechpartner genannt."

Höbel wunderte sich. Vermutlich hätte die Polizei in den Niederlanden oder Belgien nicht so schnell reagiert. „Ich bin erstaunt, dass Sie sich jetzt bereits melden."

„In der heutigen vernetzten Zeit gehen Nachrichten in Windeseile um die Welt. Aber unter uns, so schnell sind wir normalerweise auch nicht. Ich sagte ja außerhalb der Formalitäten. Ich bin in Deutschland geboren und mit zwölf Jahren nach Peru gezogen."

„Der Vorname Gretchen kam mir so gar nicht spanisch vor."

„Meine Mutter ist Deutsche. Allerdings wird der Name Gretchen in den USA häufiger verwendet als in Deutschland. Als sie meinen Vater geheiratet hat, hat der mich adoptiert. Wir sind dann später mit ihm nach Cusco gezogen, weil er das Geschäft seines verstorbenen Vaters übernehmen musste. So bin ich dann hier bei der Polizei gelandet. Aber ich will Sie nicht mit meiner Lebensgeschichte langweilen. Lassen Sie uns über unsere Arbeit reden. Wie ich hier lese, gibt es möglicherweise eine Verbindung von ihrem Mordopfer zu unserem. Wie kann ich Ihnen helfen?"

„Sie langweilen mich ganz und gar nicht. Bei uns wurde ein Weltenbummler ermordet aufgefunden. Der in dem Ersuchen genannte Mauricio Pulgar hat seinen LKW verschifft und einige Male mit ihm telefoniert. Wie wir den dortigen Zeitungen entnehmen konnten, wurde der wohl inzwischen umgebracht."

„Sie lesen spanischsprachige Zeitungen?"

„Das ist mir leider nicht möglich. Wir hatten Hilfe. Vielleicht berichten Sie mir doch kurz, was dieser Pulgar für ein Mensch war und wie er umgekommen ist."

„Wie soll ich es sagen. Mauricio Pulgar war mit allen Wassern gewaschen. Er machte alle möglichen dubiosen Geschäfte, ein paar Diebstähle und Einbrüche. Aber nichts Schwerwiegendes. Man konnte ihm ohnehin meist nichts nachweisen. Er war halt ein kleiner Gauner."

„In irgendwas Größeres muss er wohl doch reingeraten sein, sonst hätte man ihn nicht umgebracht."

„Da haben Sie wohl recht. Wir fragen uns auch, was er angestellt hat, zumal der Mord an ihm irgendwas Rituelles, Unheimliches hatte."

„Erzählen Sie."

„Neben seiner Werkstatt war so eine kleine Kammer. Ein paar Stühle, ein Tisch, Computeranschluss etc. Dort wurde er tot aufgefunden. Man hatte ihn gefoltert und anschließend umgebracht. Man fand ihn lang ausgestreckt auf dem Rücken liegend und gefesselt auf dem Tisch. Sein Hals war mit einem kräftigen Schnitt von links nach rechts durchgetrennt. Der Schnitt ging fast bis auf die Wirbelsäule. Es erinnerte etwas an ein Tieropfer. Manche Religionen töten ja auch ihre Schlachttiere so.

Unsere Leute von der kriminaltechnischen Untersuchung, so heißen die doch bei Ihnen, glauben, dass es sich um eine sehr alte Waffe handelt. Man hat einige Metallstückchen gefunden, die derzeit näher untersucht werden."

„Konnten Sie aus dem Computer einige Erkenntnisse erlangen. Er war doch noch da?"

„Er war noch da, ein älterer Laptop. Er wird gerade untersucht."

„Wie weit sind Sie mit den Ermittlungen? Gibt es Verdächtige?"

„Wir sind dabei, haben auch verschiede Leute befragt. Es gibt aber noch nicht wirklich etwas Konkretes. Das Augenfälligste ist wohl die Art der Tötung. Ich weiß nicht, ob Sie sich das vorstellen können. Hier bei uns gibt es ein Sammelsurium aus alten Religionen und Mythen, die sich teilweise mit dem Neuzeitlichen verbinden. Das sind meist verschworene Kreise, in die man kaum eindringen kann. Auch Tieropfer sind nicht unüblich. Womit ich Ihnen dienen kann, sind einige Telefonverbindungen. Es gibt da eine Verbindung nach Koblenz und dann noch zwei weitere. Aufgrund der Vorwahl ist das wohl nicht allzu weit von Koblenz entfernt." Sie nannte Höbel drei Telefonnummern.

„Die kenne ich alle drei", erklärte Höbel. „Eine gehört einem bekannten Rauschgiftdealer, den wir vor Kurzem festgenommen haben. Ein weiterer Beweis. Eine andere gehört unserem Mordopfer und die letzte einem Geschäftsmann, der Verbindungen zu dem besagten Mordopfer hatte. Das ist doch mal ein Anfang. Ich glaube, Sie haben uns sehr weitergeholfen. Wenn ich etwas erfahre, was Ihnen bei Ihrem Fall hilft, werde ich mich mit Ihnen in Verbindung setzen

Ihre Telefonnummer habe ich ja Frau Santamaria. Vorerst meinen besten Dank. Noch etwas. Sie sind doch sicher hier und da in Deutschland. Ich würde mich freuen, Sie dann persönlich kennenzulernen. Melden Sie sich einfach."

„Das werde ich gerne tun. Auf Wiedersehen Herr Höbel."

Höbel griff zum Telefon. „Wir sollten uns wieder einmal austauschen Frau Stein. Ich habe neuere Erkenntnisse, die auf Ihren Ermittlungen in Peru beruhen."

„Gerne, aber Sie wissen ja, unser neuer Dienststellenleiter hat etwas dagegen. Ich habe mich entschlossen, Christoph einzuweihen. Wie wäre es, wenn Sie zu uns zum Essen kämen. Da könnten wir über alles reden. Sagen wir neunzehn Uhr?"

„Das ist ein guter Vorschlag. Ich freue mich, dass Herr Leyendecker wieder dabei ist."

Die Beobachtung des Anwesens der Ortweins war für Rudolf Herz inzwischen so etwas wie eine Obzession geworden. Seit er wusste, dass Ortwein seine damalige Entlastungszeugin geheiratet hatte, fand er erst recht keine Ruhe. Bei jeder sich bietenden Gelegenheit hielt er sich in der Nähe des Hauses auf, wobei er inzwischen schon eine gewisse Routine, sich möglichst unauffällig zu verhalten, entwickelt hatte. Er wusste genau, dass das alles keinen Sinn machte. Ortwein würde wohl kaum aus dem Haus treten und den Mord an seiner früheren Frau gestehen. Aber es brodelte in Herz. Irgendetwas musste er tun. Und da fiel ihm halt nichts Besseres ein.

Er hatte nun ein paar Stunden vor dem Anwesen gestanden und stoisch gewartet, lediglich unterbrochen durch eine kurze Pause, in der er sich an der Fleischtheke eines Supermarkts ein Stück Fleischwurst gekauft hatte, das er auch gleich verzehrt hatte.

Die Frau, die er kürzlich hier gesehen hatte, trat aus dem Haus. Inzwischen wusste er ja, dass es sich bei ihr um die zweite Ehefrau Ortweins handelte, die mit ihrer Aussage wesentlich zu seiner Verurteilung beigetragen hatte.

Frau Ortwein öffnete die Garage mittels Fernbedienung und kam kurz darauf mit einem dunklen Golf herausgefahren. Das Garagentor senkte sich wieder herab.

Inzwischen war es dunkel geworden, und die Straßenlampen waren angegangen. Im Flur ging Licht an. Das Licht der Leuchte über der Haustür wurde durch den Bewegungsmelder eingeschaltet, als Ortwein aus dem Haus trat. Zielstrebig ging er in Richtung Straße, um sich auf dem Bürgersteig noch einmal umzudrehen. Er holte etwas aus der Tasche.

Herz glaubte, so etwas wie eine Fernbedienung zu erkennen. Vermutlich schaltete Ortwein damit die Alarmanlage ein.

War da nicht etwas zu Boden gefallen? Es war mehr eine Ahnung, als dass Herz wirklich etwas gesehen hatte. Sollte er nachsehen oder Ortwein folgen? Der war wieder zu Fuß unterwegs. Herz glaubte zu wissen, wo er wieder hinging. Vermutlich würde er auch heute dieses neue Hotel aufsuchen. Der Lebber hatte sich immer noch keine Taktik überlegt, wie er herausfinden konnte, warum Ortwein dorthin ging. Wenn er ihm wieder ins Hotel folgen würde, würde er erneut Aufmerksamkeit erregen und Ortwein ihn eventuell erkennen. Da erschien es ihm besser nachzusehen, was da heruntergefallen war.

Zuerst fand er den Gegenstand nicht. Die Leuchte über der Eingangstür war inzwischen erloschen. Ganz kurz überlegte er, ob er nicht in den Bereich des Bewegungsmelders treten sollte. Aber das verwarf er schnell. Möglicherweise löste er so die Alarmanlage aus. Er hockte sich nieder und tastete mit den Händen den Boden ab. Und da spürte er etwas Kleines, Flaches. Er hob es auf. Irgendwo hatte er so ein Ding schon einmal gesehen. Steckte man so etwas nicht in einen Computer? Richtig, er hielt einen USB-Stick in der Hand.

Herz wollte den Stick zunächst wieder fallen lassen. Er besaß ja keinen Computer und Ortwein würde ihn vielleicht vermissen. Dann überlegte er es sich doch anders und steckte ihn in seine Jackentasche. Es war an der Zeit, sich in sein selbst gewähltes Zuhause zu begeben.

Leyendecker hatte für Höbels Besuch Rindsrouladen gekocht. Zunächst hatte er überlegt, Rotkohl dazu zu reichen. Aber der konnte durchaus in der Wohnung etwas penetrant riechen. Also gab es Salzkartoffeln und Möhren dazu. Bier war im Kühlschrank eingelagert. Zwar hätte auch Rotwein dazu gepasst, aber er wusste, dass Höbel den Gerstensaft bevorzugte.

Höbel war pünktlich, und sie konnten gleich mit dem Essen beginnen. Höbel nahm zweimal Nachschlag. Leyendecker war mit seinen Kochkünsten zufrieden.

Nachdem die obligatorischen Höflichkeiten ausgetauscht waren und Höbel sich eingehend nach Leyendeckers Gesundheitszustand erkundigt hatte, brachte er seine Freude darüber zum Ausdruck, dass Leyendecker sich wieder mit im Boot befand. Dann berichtete er, was er von der Kollegin der peruanischen Polizei erfahren hatte. Leyendecker informierte ihn über seine Begegnungen mit Rudolf Herz.

„Wir hatten ja noch keine Veranlassung, Ortwein näher zu durchleuchten, sonst hätten wir wohl auch erfahren, dass da vor langer Zeit ein Mord geschehen ist", erklärte Höbel, „Aber glauben Sie beide, dass das mit dem jetzigen Fall zu tun hat."

„Dazu haben wir keinen Anlass", meinte Ulla, „aber Tatsche ist: Ortwein kannte Specht und beide hatten Kontakt zu diesem Mauricio Pulgar in Peru. Da müsste es doch mit dem Teufel zugehen, wenn da nicht irgendein Zusammenhang besteht."

„Aber wie kommen wir da weiter?", fragte Höbel. „Bisher haben wir doch nichts Konkretes in der Hand."

„Ganz richtig", stimmte Leyendecker zu. „Ich fürchte, ihr habt da kaum Möglichkeiten. Die Verbindung zwischen Specht und Ortwein besteht doch nur in den nachgewiesenen Telefongesprächen. Ich glaube nicht, dass ihr einen Durchsuchungsbeschluss oder Einsicht in die Konten bekommt."

„Es sieht so aus, als seien wir wieder einmal am Ende", bestätigte Ulla. „Ich bin mir sicher, dass Ortwein etwas mit dem Tod Spechts zu tun hat."

„Fassen wir doch einmal zusammen, was wir bisher haben", fand Höbel, „und lassen Sie uns dabei ruhig etwas spekulieren."

Gut", stimmte Ulla zu. „Da wird ein Globetrotter tot in seinem Gefährt aufgefunden. Der Letzte, mit dem er gesprochen hat, ist Ortwein. Was hatten die beiden zu besprechen?"

„Gehen wir einmal davon aus, dass es um etwas ging, das sich in dem Truck befand", sagte Leyendecker und schenkte sich noch etwas Bier nach. „Sonst noch jemand?" Er sah fragend in die Runde.

„Ich glaube, ich trinke jetzt lieber etwas Rotwein. Was ist mit Ihnen Herr Höbel?"

„Danke, aber ich muss noch fahren."

„Sie können bei uns übernachten. Unten die Wohnung steht leer, seit Frau Hein zu ihrer Tochter gezogen ist. Wir haben da ein Gästezimmer eingerichtet, für den Fall, dass Christophs Sohn zu Besuch kommt."

„Vielen Dank, wenn das so ist, nehme ich noch ein Bier. Wo waren wir stehen geblieben?"

„Ich sagte, dass es um etwas ging, das sich in dem Truck befand. Deshalb das Gespräch am Abend der Ankunft dieses Fahrzeugs."

„Ich glaube, du hast recht", bestätigte Ulla.

„Und dabei ging es nicht um das Rauschgift", warf Höbel ein, „denn das befand sich ja noch im Fahrzeug. Gut möglich, dass weder Specht noch Ortwein davon wussten. Das war wahrscheinlich ein Nebengeschäft zwischen unserem Koblenzer Rauschgifthändler und diesem kleinen Gauner in Cusco. Ob dieses Geschäft Pulgar zum Verhängnis wurde?"

„Unwahrscheinlich", bemerkte Leyendecker. „Die paar Kilo Koks sind doch in Südamerika keine große Sache."

„Das sehe ich auch so", stimmte Ulla zu. „Es muss um etwas anderes gegangen sein. Etwas von größerer Bedeutung. Vermutlich um etwas sehr viel Wertvolleres. Wenn wir wüssten, um was es da ging, wären wir sehr viel weiter."

„Da können wir nur raten." Höbel schüttelte bedauernd den Kopf. „Wir sind wieder am Anfang. Mir fällt da auch nichts ein. Wir können ja das Haus Ortweins nicht heimlich durchsuchen."

„Wir kämen in Teufels Küche", bestätigte Ulla.

„Komm rein", forderte Rudolf Herz Leyendecker auf. „Setz dich doch. Möchtest du ein Bier?"

„Lass mal", lehnte Leyendecker ab. „Eigentlich bin ich nur hergekommen, um dich zu fragen, ob dir bei deinen Beobachtungen Ortweins etwas aufgefallen ist."

„Du hieltest doch nichts von meinen Recherchen. Hast du da deine Meinung geändert?"

„Nicht wirklich, aber es haben sich da einige Ansätze ergeben."

„Welche Ansätze?"

„Das hat nichts mit dir zu tun. Ich kann dazu nichts sagen."

„Heist das, dass ihr gegen Ortwein ermittelt? Du bist doch überhaupt nicht im Dienst."

„Ich sagte doch, dass ich dir dazu nichts sagen kann. Willst du mir nun antworten oder nicht?"

„Nun sei doch nicht gleich eingeschnappt. Klar antworte ich dir. Und natürlich interessiert es mich, wenn ihr gegen diesen Kerl ermittelt. Was willst du wissen?"

„Erzähl einfach, ob dir etwas aufgefallen ist."

„Was soll mir schon aufgefallen sein. Äußerlich führt dieser Kerl ein stinklangweiliges Leben. Das einzig Auffällige ist, dass er öfter dieses neue Hotel aufsucht."

„Was macht er da? Geht er dort zum Essen? Nimmt er seine Frau mit?"

„Seine Frau nimmt er nicht mit. Was er da macht, habe ich bisher nicht rausgefunden. Ich falle dort etwas auf. Wenn du verstehst. Ich wüsste auch zu gern, was er da macht."

„Ist dir sonst noch was aufgefallen?"

„Ich wüsste nicht. Doch warte. Er hat etwas verloren."

„Hast du gesehen, was er verloren hat?"

„Viel besser. Ich habe es mitgenommen. Warte."

Rudolf stand auf und kramte in seinen Taschen. „Da ist der Kleine ja", triumphierte er.

„Ein USB-Stick. Den hat Ortwein verloren? Was ist drauf?"

„Woher soll ich das wissen? Siehst du hier einen Computer?

„Gib ihn mir mal mit. Ich werde mal nachsehen, ob ich was darauf finde."

„Lieber nicht."

„Was heißt lieber nicht?"

„Das heißt, dass ich ihn ungern aus der Hand gebe."

„Ich gebe ihn dir zurück."

„Lieber nicht. Ich habe so ein Gefühl, als sei da etwas drauf, was mir nützen könnte. Und wenn ihr den beschlagnahmt?"

„Schon gut. Wenn es dich beruhigt, bringe ich morgen mein Tablet mit. Dann können wir uns gemeinsam ansehen, was drauf ist. Falls er nicht gesichert ist."

„Einverstanden. Willst du jetzt ein Bier?"

„Heute nicht. Bis morgen. Und halt die Ohren steif.“

Ulla sah auf dem Display, dass Leyendecker anrief. „Was gibt es Christoph?“

„Ich wollte dich zum Essen einladen.“

„Wie kommst du den da drauf? Zu der Frittenbude im Industriegebiet?“

„Wo denkst du hin. Ich bin ein Mann von Welt.“

„Gut, dass du mir das sagst. Das kannst du ansonsten recht gut verbergen. Aber warum nicht. Das haben wir lange nicht mehr gemacht. Wo soll es denn hingehen?“

„Parkhotel.“

„Das neue Hotel. Da waren wir noch nie. Ich glaube, dein Vertreter war bei der Eröffnung eingeladen. Es wurde wirklich Zeit, dass wir uns das von innen ansehen. Wie kommst du jetzt darauf?“

„Erzähle ich dir später. Ich habe für acht Uhr zwei Plätze reserviert.“

„Also dann. Ich freue mich.“

Sie waren mit Leyendeckers Z3 gekommen.

„Es ist noch früh. Ich schlage vor, wir setzen uns einen Moment an die Bar und nehmen noch einen Drink.“

„Warum nicht.“

„Hab ich dir schon gesagt, dass du gut aussiehst. Das Kleid steht dir.“

130

„Viel zu selten, aber du machst auch etwas her in dem eleganten Anzug."

Der Barkeeper kam gleich auf sie zu, als sie auf zwei Hockern Platz genommen hatten. Leyendecker nahm ein Bier Ulla einen Weißwein.

„Eigentlich ganz schön hier", stellte Ulla fest, „elegant aber nicht übertrieben."

„Das Bier ist auch kalt", bemerkte Leyendecker.

„Dann kann ja nichts mehr schief gehen. Sagst du mir jetzt, wie ich zu dieser überraschenden Einladung komme?"

„Muss das immer einen Grund haben?"

„Bei dir schon."

„Du hast ja recht. Ich hatte dir doch erzählt, dass der Lebber Ortwein beobachtet. Ich habe den Eindruck, das wird bei ihm fast zur Obzession. Trotzdem habe ich mir gedacht, dass wir daraus vielleicht unsere Vorteile ziehen könnten. Also bin ich zu ihm hin und habe ihn gefragt, ob er vielleicht etwas beobachtet hat. Viel ist dabei nicht rausgekommen. Aber er sagte, dass Ortwein öfter dieses Hotel aufsucht. Was er hier macht, wusste er auch nicht."

„Und da dachtest du, dass wir hier einmal ermitteln."

„Nicht ermitteln. Das dürfte ich doch gar nicht. Aber vielleicht läuft er uns über den Weg. Einfach so ein Schuss ins Blaue. Wenn nicht, so hoffe ich wenigstens, hatten wir dann einen schönen Abend. Das schadet doch auch nichts."

„Da gebe ich dir recht. Aber wird er uns nicht erkennen?"

„Wenn schon. Das schadet auch nichts. Wir sind ganz normale Gäste. Du hast ausgetrunken. Wollen wir jetzt zum Essen gehen?"

„Einverstanden."

„Leyendecker, ich hatte für zwei Personen reserviert."

„Kommen Sie bitte mit. Ich bringe Sie zu Ihren Plätzen."

„Ich glaube, ich nehme das Menu, erklärte Ulla. „Kabeljau in Senfsoße mit Kartoffel-Endivien-Stampf, vorher einen Karotten-Ingwer-Suppe und zum Nachtisch Schokoladen-Walnuss-Browenies."

„Das hört sich tatsächlich gut an. Aber ich glaube, ich halte mich an das Rumpsteak. Bleibst du bei Weißwein?"

Ulla nickte. „Der passt doch gut dazu."

Nachdem Leyendecker bestellt hatte, wurden die Getränke auch gleich gebracht. Leyendecker blieb beim Bier.

„Eigentlich sollten wir so was öfter machen", fand Ulla.

„Ich weiß nicht", antwortete Leyendecker. „Das sollte schon die Ausnahme bleiben. Wenn man so etwas öfter macht, gewöhnt man sich daran, und es ist nichts Besonderes mehr daran. Außerdem kostet es doch eine ganze Menge Geld."

„Ich weiß, da steht dir dein Geiz im Wege", lachte Ulla.

„Da tust du mir aber unrecht."

„Da kommt ja unser Essen schon."

Sie aßen schweigend. Leyendecker orderte zum Nachtisch auch die Brownie. „Ich nehme noch einen Obstler, du auch?"

„Lieber einen Kaffee. Da ist er ja."

Ortwein hatte soeben den Speisesaal betreten. In seiner Begleitung befand sich eine etwa fünfundfünfzigjährige Frau. Sie trug ein dunkles Kostüm und eine weiße Bluse. Sie war etwas größer als Ortwein, was aber auch an ihren hochhackigen Schuhen liegen mochte. Insgesamt machte sie den Eindruck, dass sie sich nichts vormachen ließ. Vermutlich handelte es sich um eine Geschäftsfrau.

Beide hatten eine Tasche mit. Auf der Tasche der Frau war das Logo eines italienischen Designers zu sehen. Ortwein hatte eine Aktentasche aus dunkelbraunem Leder dabei, auf der das Emblem eines Büffels prangte. Ortwein zögerte einen kurzen Moment, als er Ulla und Christoph sah, ließ sich aber dann doch zu einem Tisch führen, an dem er mit der fremden Frau Platz nahm. Anscheinend war er öfter hier, denn der Kellner kam gleich mit einer Weißweinflasche. Ortwein nickte mit dem Kopf, und der Kellner schenkte zwei Gläser aus.

Die beiden schienen sich zwar länger zu kennen, aber sie machten auf Leyendecker nicht den

Eindruck eines verliebten Paares. Es sah eher wie ein geschäftliches Treffen aus.

„Was hältst du von ihr?", fragte Ulla.

„Es scheint eine selbstbewusste Dame von Welt zu sein. Das Kostüm, das sie trägt, war nicht gerade billig. Wenn wir noch länger hierbleiben wollen, sollten wir noch etwas bestellen."

„Bestell mir ein Wasser."

„Ich bleibe beim Bier. Gegebenenfalls kannst du ja nachher fahren."

Nach dem Essen zog Ortweins Begleiterin ein Tablet aus ihrer Tasche und legte es vor Ortwein auf den Tisch. Der sah sich offenbar mehrere Abbildungen an. Bei einer hielt er inne. Zuerst war Erstaunen in seinem Gesicht zu erkennen. Als die Frau eine Frage Ortweins nicht beantworten wollte, schien sich das Erstaunen in Zorn zu verwandeln.

„Ich wüsste zu gern, was da zu sehen ist", erklärte Ulla.

„Einen Versuch ist es wert", sagte Leyendecker, erhob sich und ging in Richtung Toilette. Dabei kam er etwa drei Meter an Ortweins Tisch vorbei.

„Konntest du was erkennen?", erkundigte sich Ulla, als er zurückkam.

„So genau nicht. Es schien mir die Abbildung einer Sonne zu sein."

„Er ist ja Kunsthändler. Trotzdem eine seltsame Reaktion von ihm."

„Allerdings. Was das wohl zu bedeuten hat. Irgendetwas hat ihn massiv verärgert, besser gesagt, wütend gemacht."

„Ich glaube, wir haben für heute genug gesehen. Jedenfalls war es ein angenehmer Abend."

Der Lebber schien nicht in dem Haus an der Bergstraße zu sein. Jedenfalls reagierte auf Leyendeckers Klopfen niemand. Also entschloss sich Leyendecker, einen Spaziergang zu machen. Die dünne Aktentasche, die er mit sich trug, störte dabei nicht. Er ging über den Hebeberg bis zu den kleinen Weihern am Waldrand. Nach einer knappen Stunde war er zurück.

Der Lebber öffnete die Tür. „Komm rein. Ich habe Kaffee gekocht, möchtest du einen?"

„Hast jetzt doch Strom? Kaffee wäre nicht schlecht."

„Gasplatte", erklärte Rudi. „Setz dich. Ich bin sofort wieder da."

Als er zurückkam, führte er zwei große Kaffeetassen mit sich, von denen er eine Leyendecker reichte. „Hast du das Tablet dabei?" fragte er.

Leyendecker öffnete seine Tasche. „Hier ist es. Hast du den Stick?"

Rudi griff in seine Jackentasche und kramte das kleine Ding hervor. „Da ist er."

Leyendecker steckte den USB-Stick in die Buchse. „Wir haben Glück. Er scheint nicht gesichert zu sein."

„Was zum Teufel ist das?", fragte Herz, der über Leyendeckers Schulter geblickt hatte.

„Das weiß ich auch nicht. Sieht aus wie irgendein Stab."

„Ist das Gold?", erkundigte sich Rudi.

„Ich glaube schon."

„Dann ist der doch vermutlich eine Menge wert. Wie schwer wird der wohl sein?"

„Ich glaube nicht, dass es bei dem Stück um den reinen Goldwert geht. Das ist etwas Antikes. Siehst du die seltsamen Zeichen daran? So etwas habe ich noch nie gesehen. Ich könnte mir vorstellen, dass es so etwas wie ein Zepter war."

„Was wird das Ding wohl wert sein?"

„Keine Ahnung, vermutlich eine ganze Menge. Aber das braucht uns nicht zu kümmern. Es gehört uns ja nicht."

„Noch nicht. Das wäre doch eine nette Entschädigung dafür, dass ich für den Kerl im Knast gesessen habe."

„Denk nicht mal darüber nach, sonst bist du schneller wieder hinter Gittern, als dir lieb sein kann."

„Und was machen wir jetzt?

„Nichts. Was sollen wir schon machen."

Kapitel 8

Ulla sah, dass Leyendecker anrief. „Was gibt es Christoph?"

„Ich muss dir was zeigen. Es sind ein paar Fotos, die ich gespeichert habe. Irgendwie habe ich kein gutes Gefühl, wenn ich sie dir auf deinen Computer schicke."

„Hat das bis heut Abend Zeit?"

„Zeit hat das schon. Aber ich glaube, es interessiert dich sofort. Wenn Höbel in der Nähe ist, bring ihn gleich mit."

„Es geht also um den Fall. Höbel hat sich bisher nicht gemeldet. Ich mache mich gleich auf den Weg."

Leyendecker erwartete Ulla an der Haustür. „Auf dem Wohnzimmertisch", sagte er.

Ulla eilte die Treppe hoch. Sie nahm Leyendeckers Tablet in die Hand. „Was ist das? Wer hat diese Bilder gemacht? Wo hast du sie her?"

„Gleich drei Fragen. Ich weiß genauso wenig wie du, was das da ist. Wer die Bilder gemacht hat, weiß ich auch nicht. Könnte aber gut sein, dass Ortwein die gemacht hat. Die dritte Frage kann ich dir beantworten. Sie stammen von einem Stick, den der Lebber hat. Ich habe dir doch gesagt, dass der das Haus der Ortweins beobachtet. Da hat er gesehen, wie Ortwein den

Stick verloren hat. Herz hat ihn dann an sich genommen."

„Wo ist dieser Stick jetzt?"

„Der ist immer noch beim Lebber. Er hat ihn behalten. Ich habe die Bilder kopiert."

„Ich glaube, es dreht sich alles um dieses Ding. Da läuft alles zusammen. Deswegen werden Menschen getötet. Dieser Stab muss sehr wertvoll sein."

„Es wird wohl eine südamerikanische Antiquität sein, die mit dem Fahrzeug des Getöteten noch hier geschafft worden ist."

„Ich denke, ich weiß auch wie. Da war doch dieses Bett aus Stahlrohr. In einem dieser Rohre hätte dieser Stab doch gut Platz gefunden."

„Ortwein hatte diesen Stick bei sich. Ob das bedeutet, dass ein anderer den Stab hat und der ihm angeboten wurde?"

„Das kann ich mir nicht vorstellen. Wer sollte das sein? Diese Koblenzer Rauschgiftgangster? Als die sich an den Wagen zu schaffen machten, war der Stab längst nicht mehr da. Ich bin überzeugt, Ortwein hat die Fotos gemacht, um sie jemand anderem zu zeigen. Entweder er hat ihn angeboten, oder wollte eine Einschätzung. Der Stab ist wahrscheinlich zu wertvoll um ihn gleich mitzunehmen."

„Dieser Jemand ist vermutlich diese dunkelhaarige Frau, mit der er sich wohl mehrfach getroffen hat. Sie ist entweder eine Käuferin oder eine Expertin."

„Sie wird beides sein. Käufer für solche Sachen sind in der Regel auch Experten. Vielleicht ist sie auch nur als Vermittlerin tätig."

„Einen Experten könnten wir auch gebrauchen."

„Vielleicht kann uns Höbel da weiter helfen. Den müssen wir ja unbedingt informieren."

„Ich fürchte nur, die Fotos geben uns keinerlei Handhabe gegen Ortwein. Auch wenn zu vermuten ist, dass er nicht rechtmäßig in den Besitz dieses Kunstwerks gekommen ist. Ganz abgesehen davon, dass wir auch nicht rechtmäßig in den Besitz der Fotos gekommen sind."

„Egal, wir haben jetzt ein Motiv. Das bringt uns irgendwie weiter."

„Guten Tag Frau Santamaria. Hier ist Lars Höbel von der deutschen Kripo. Sie erinnern sich?"

„Natürlich erinnere ich mich an Sie. Ich hatte nur nicht erwartet, so bald von Ihnen zu hören. Haben Sie neue Erkenntnisse?"

„Wie man es nimmt. Ich möchte diese Erkenntnisse aber nicht an die große Glocke hängen. Ich habe Fotos von einem Gegenstand."

„Und sie glauben, ich könnte Ihnen etwas zu dem Gegenstand sagen? Schicken Sie mir die Fotos doch einfach zu. Meine E-Mail-Adresse haben Sie ja."

„Gerade das möchte ich nicht. Das alles sollte vorläufig unter uns bleiben."

„Wie soll ich Ihnen dann helfen?"

„Ich beschreibe Ihnen den Gegenstand."

„Schießen Sie los."

„Es ist ein Stab. Die Maße sind nicht genau zu erkennen. Ich glaube er ist etwa sechzig Zentimeter lang und hat etwa drei Zentimeter Durchmesser. Er scheint aus massivem Gold zu sein und ist mit zahlreichen, mir unbekannten Zeichen verziert."

„Warten Sie! Sie wollen doch nicht etwa sagen, Sie hätten Fotos von … Das kann nicht sein. Das ist nur eine Legende. Diesen Stab gibt es nicht wirklich. Das ist so, als wollten Sie sagen, Sie hätten Fotos vom Heiligen Gral. Das muss eine Fälschung sein."

„Was soll denn hier gefälscht worden sein?"

„Ein goldener Stab spielte nach der Legende sowohl bei der Begründung der Inkaherrschaft als auch bei der Gründung der Stadt Cusco eine Rolle. Der Sonnengott Inti sandte den ersten Inka Manco Capac und seine Schwester auf die Erde, um die Welt zu verbessern. In der Höhle Pirantambo kamen sie auf die Welt. Inti gab ihnen einen goldenen Stab mit. An der Stelle, an der es ihnen gelang, den Stab mit einem Schlag in die Erde zu treiben, sollten sie ihren Wohnsitz nehmen. Nach vielen Versuchen an allen möglichen Stellen gelang es ihnen schließlich.. Dort ließen sie sich nieder und gründeten die Stadt Cusco. Wie ich bereits sagte, ist das alles nur eine Legende. Aber immer wieder halten sich Gerüchte, es gäbe diesen Stab noch heute. Man sagt ihm nach, er würde dem Besitzer Glück und Reichtum bringen. Das ist natürlich alles nur Aberglaube. Aber wie ich Ihnen bereits sagte, liegen hier Wahrheit und Dichtung nahe beieinander. Es gab immer wieder Gerüchte, dass dieser Stab existiert. Manche behaupten, dass er sich sogar hier in Cusco befindet. Aber ich habe nie jemand getroffen, der ihn wirklich gesehen hat."

„Was wäre der Stab wohl wert."

„Wohlgemerkt, einen solchen Stab hat es nie gegeben. Wenn er wirklich existierte, wäre er unbezahlbar. Allerdings würde er in Wahrheit dem Staat Peru gehören. Man müsste Ihren Stab untersuchen lassen. Wenn das Alter zeitlich stimmen würde und man die Zeichen entziffern könnte, hätte man immer noch keinen Beweis, dass es sich um Intis Stab handelt. Aber viele der Reichen würden an seine Macht glauben und bereit sein, horrende Summen dafür zu zahlen."

„Haben Sie vorerst vielen Dank für diese Informationen. Ich melde mich wieder, wenn ich etwas Neues erfahre."

Wieder einmal hatte der Weg ihn zum Anwesen der Ortweins geführt. Aber heute hatte er ein bestimmtes Ziel. Bei einem Elektromarkt hatte er ein Handy erworben. Es war ein billiges Gerät aus Fernost. Trotzdem war es für ihn teuer, denn das Geld, das man ihm bei seiner Entlassung aus dem Gefängnis ausgezahlt hatte, neigte sich langsam dem Ende zu. Er hatte gebeten, ihm kurz die Funktionen zu erklären. Obwohl er durchaus schon Bekanntschaft mit mobilen Telefonen gemacht hatte, im Gefängnis waren die sehr begehrt, hatte ihn der Verkäufer mehrfach erstaunt angesehen, wenn er ihm Fragen gestellt hatte. Schließlich hatte ihn der Mann gefragt, ob dies sein erstes Handy sei. Danach beantwortete er geduldig alle Fragen. Man hatte ihm auch einen Vertrag dazu verkaufen wollen. Aber er wollte sich nicht binden. Es widerstrebte ihm schon, dass er beim Kauf einer Prepaidkarte Namen und Anschrift hinterlassen musste.

Irgendetwas musste passiert sein, denn trotz der zugezogenen Gardinen konnte er sehen, dass sich die Ortweins stritten. Über irgendetwas schien Bernd Ortwein sehr aufgebracht zu sein. Schade, dass er nichts verstehen konnte.

Wieder einmal beschlich ihn das Gefühl, dass er nicht allein war. Beobachtete sonst noch jemand das Ehepaar Ortwein? Oder beobachtete man etwa ihn? Aber wer sollte denn ein Interesse an einem entlassenen Strafgefangenen haben? Bei ihm war nichts zu holen.

Da Ortweins offenbar abgelenkt waren, musste Herz nicht so sehr auf seine Deckung achten. Ausführlich hatte er sich die Funktion des Fotografierens erklären lassen und die auch bereits ausprobiert. So konnte er weitgehend unbehelligt die sichtbaren Sicherheitsvorkehrungen fotografieren. Trotzdem hielt er sich nicht so lange auf. Nachdem er fotografiert hatte, was er für wichtig hielt, ging er sofort zurück zu seinem alten Fiesta.

Obwohl er wusste, dass man irgendwann feststellen konnte, mit wem er wann gesprochen hatte, rief er einen alten Bekannten an.

Höbel beendete seinen Bericht.

„Ob dieser Stab nun echt ist oder nicht, mag dahingestellt bleiben", begann Leyendecker. „Jedenfalls muss es Menschen geben, die ihn für echt halten."

„Und die alles daran setzen werden, ihn wieder zu bekommen", ergänzte Ulla, „und diejenigen schrecken vor nichts zurück, was der tote Mauricio Pulgar beweist."

„Sie glauben also, die Eigentümer des Stabes hätten ihn umgebracht?, erkundigte sich Höbel.

„Da bin ich mir ziemlich sicher. Die Frage ist nur, ob Pulgar verraten hat, wo sich der Stab jetzt befindet."

„Ich glaube schon", meinte Leyendecker. „Sie haben ihn gefoltert, und er hatte nichts zu verlieren."

„Das würde ja bedeuten, dass die bald hier auftauchen", folgerte Höbel. „Sie werden nicht auf ihr Heiligtum verzichten, nur weil es nach Deutschland geschafft wurde."

„Wenn sie nicht bereits hier sind", erklärte Leyendecker.

„Wir müssen der Spur des Stabs folgen", fand Höbel.

„Das tun wir doch bereits", sagte Ulla. „Die Spur führt von Südamerika zu Gerald Specht und von dort zu Bernd Ortwein. An den müssen wir uns halten."

„Ich würde diesen ominösen Stab gerne einmal sehen", sagte Höbel.

„Wenn Sie den Stab sehen, ist der Fall vermutlich aufgeklärt", antwortete Leyendecker.

Herz parkte den alten Fiesta vor einem kleinen Haus aus den sechziger Jahren des letzten Jahrhunderts. Das Haus lag in einer stillen Seitenstraße eines kleinen Dorfes in der Eifel. Als er klingelte, wurde ihm auch gleich geöffnet.

„Komm rein", bat Mario und führte ihn in ein nicht allzu modern eingerichtetes Wohnzimmer. „Setz dich doch, warte einen Moment, ich bin sofort wieder da."

Kurz darauf erschien er mit zwei Tassen Kaffee. „Wir haben uns eine teure Kaffeemaschine geleistet. Ehrlich gesagt, ich schmecke keinen Unterschied."

Mario setzte sich gegenüber. „Hat man dich endlich rausgelassen. Es wurde aber auch Zeit. Du hast ja schon angedeutet, um was es geht. Ich muss dir gleich sagen, ich bin endgültig da raus. Beim letzten Mal haben die mir fünf Jahre aufgebrummt. Ich musste meiner Frau versprechen, dass jetzt endgültig Schluss damit ist, und ich habe mich bis jetzt daran gehalten. Ich habe sogar wieder eine Arbeit gefunden. Die Arbeit und die Familie werde ich nicht wieder aufs Spiel setzen."

„Schon gut, das verlangt doch keiner von dir. Hör dir doch einfach mal an, um was es geht. Wie ich sehe, hast du einen Computer da." Herz holte den USB-Stick aus der Tasche. „Sieh dir das mal an."

„Was ist das?", fragte Mario, nachdem er der Aufforderung gefolgt war.

„Das ist eine gute Frage. So richtig weiß das keiner. Ich nehme an, es kommt aus Südamerika, vielleicht ein Herrschaftszeichen."

„Schön, und was habe ich damit zu tun?"

„Es ist im Besitz des Kerls, wegen dem ich unschuldig im Knast gesessen habe, und ich wette, dass er nicht legal daran gekommen ist."

„Was willst du damit sagen?"

„Ich möchte dieses Ding in meinen Besitz bringen. Es ist mit Sicherheit außerordentlich wertvoll. Ich weiß noch nicht, ob ich es der Polizei übergebe, oder ob ich es als Druckmittel benutze. Jedenfalls hoffe ich, dass man dem jetzigen Besitzer ein schweres Verbrechen nachweist und in diesem Umfeld auch mein Fall in neuem Licht erscheint."

„Ehrlich gesagt scheint mir das eine vage Hoffnung zu sein. Und ich soll dir dabei helfen, diesen Stab zu beschaffen. Ich sagte doch, ich habe mich aus dem operativen Geschäft zurückgezogen."

„Aber du hast doch noch Kontakte."

„Die habe ich alle abgebrochen. Was hat du denn außer diesen Fotos?"

Herz legte sein Handy auf den Tisch. „Ich habe so gut es ging, die Sicherungen des Gebäudes fotografiert."

Mario sah die Bilder durch. „Was ich dir auf Anhieb sagen kann: Das sind keine Anlagen von der Stange. Aber wie sagt man so schön? Das ist nur die Spitze des Eisbergs. Es wäre geradezu dumm, mit den wenigen Erkenntnissen, einen Einbruch zu versuchen. Bist du denn wenigstens sicher, dass sich der Stab im Inneren des Gebäudes befindet?"

„Das ist stark zu vermuten."

„Wie ich bereits sagte, ich bin aus dem Geschäft. Und jeder seriöse Einbrecher wird dir von dem Versuch abraten, aufgrund einer vagen Vermutung dort einzusteigen."

„Schade, ich hatte so auf dich gehofft. Um der alten Zeiten willen. Hast du nicht wenigstens einen Tipp."

„Den habe ich. Vergiss die ganze Sache. Aber ernsthaft. Die ganze Sache scheint mir ein Himmelfahrtskommando zu sein. Aber das ist deine Sache. Die eigentliche Schwachstelle der Sicherungssysteme ist das Netz. Die meisten sind nicht autark. Sie sind mit dem Internet verbunden. Du brauchst zwei Personen. Such dir einen guten Hacker und einen guten Einbrecher. So hast du vielleicht eine Chance."

„Kannst du mir da jemand empfehlen?"

„Ich werde darüber nachdenken. Wenn du den Computerfachmann hast, kannst du dich ja noch mal melden."

„Sagt Ihnen der Name Rudolf Herz etwas?"

„Wer soll das sein?", antwortete Ulla mit einer Gegenfrage. Wie kommt der gerade jetzt auf den Lebber, fragt sich Ulla. Kai Peters, der derzeitige Dienststellenleiter war unvermittelt in ihr Zimmer getreten.

„Ich interpretiere das mal so, dass Sie ihn nicht kennen. Dieser Rudolf Herz ist ein verurteilter Mörder. Wie ich gerade jetzt auf den komme? Ich habe eine Anfrage erhalten. Wie Sie ja wissen, werden Anfragen und Zugriffe auf unsere Dateien einer routinemäßigen Kontrolle unterzogen. Schlaue Leute haben sich da Programme einfallen lassen, um gewisse Unregelmäßigkeiten zu überprüfen. Schließlich unterliegt unsere Arbeit einer gewissen Geheimhaltung. Bei diesen routinemäßigen Überprüfungen ist nun aufgefallen, dass auf die Akten dieses Mannes zugegriffen wurde. Das allein ist schon ungewöhnlich, ist das Verfahren doch schon seit mehr als zwanzig Jahren abgeschlossen. Noch ungewöhnlicher ist, dass auf die Akten von einem Mann zugegriffen wurde, der seit mehr als zwei Jahren praktisch keinen Dienst verrichtet. Sie können sich denken, von wem ich rede?"

„Ich bin nicht besonders gut in Ratespielchen."

„Hat sich Herr Leyendecker diese Unterlagen angesehen? Warum hat er das gemacht?"

„Warum fragen Sie ihn nicht selbst?"

„Das werde ich, versprochen. Ich bin natürlich neugierig geworden und habe mir die Sachen selbst angesehen. Neulich war doch diese Frau Ortwein hier, weil sie vermutete, dass sie beobachtet wurde. Und da kommt wieder dieser Rudolf Herz ins Spiel. Der hat nämlich damals die erste Frau Ortweins umgebracht. Dieser Herz wurde vor wenigen Wochen aus dem Gefängnis entlassen. Könnte das nicht eine Erklärung für das Gefühl von Frau Ortwein sein?"

„Danke für den Hinweis. Ich werde der Sache nachgehen."

„Ich bitte darum. Da ist noch etwas. Ich habe gehört, dass Herr Höbel Herrn Ortwein vernommen hat. Er bringt ihn irgendwie mit dem Mord an diesem Globetrotter in Verbindung. Wenn Sie mich fragen, ist er da schwer auf dem Holzweg. Ortwein ist ein angesehener Bürger. Er hat sich nie etwas zuschulden kommen lassen."

„Wenn Sie wollen, sagen Sie das Herrn Höbel. Ich bin da ja dank Ihnen außen vor."

„Dabei soll es auch bleiben. Aber vielleicht nehmen Sie sich diesen Herz einmal vor."

Ärgerlich, dachte Ulla, als Peters gegangen war, dass der jetzt auf den Lebber gestoßen ist, aber nicht zu ändern. Jedenfalls würde das ihr Verhalten nicht beeinflussen. Allerdings sollte Herz doch etwas vorsichtiger agieren.

„Wollten Sie zu mir?", fragte der junge Mann im Rollstuhl, denn der Mann, der da an seiner Haustür geklingelt hatte, war ihm völlig unbekannt.

„Allerdings, Sie sind doch Alex Braun."

„Und Sie?"

„Verzeihen Sie, meine Umgangsformen sind in den letzten Jahren etwas unter die Räder gekommen. Mein Name ist Rudolf Herz."

„Na schön Herr Herz. Was wollen Sie von mir."

„Das würde ich Ihnen gerne drinnen erklären."

Alex zögerte. Schließlich hatte er diesen Mann noch nie gesehen, und einen allzu vertrauenerweckenden Eindruck machte der auch nicht. Aber dann bat er ihn doch, ihm zu folgen. In seinem Zimmer deutete er auf einen Stuhl. „Was kann ich denn nun für Sie tun?"

„Die Angelegenheit ist etwas kompliziert", begann Herz.

„Das kann ich mir denken. Wenn es einfach wäre, bräuchten Sie mich nicht."

„Ich weiß nicht, wo ich da anfangen soll. Es ist etwas heikel."

„Erzählen Sie, ich habe Zeit. Allerdings wollte ich mir gerade etwas zum Mittagessen machen."

„Ich habe auch noch nicht zu Mittag gegessen. Vielleicht gehen wir irgendwo hin, oder Sie bestellen etwas. Ich übernehme die Rechnung."

Als Herz dies gesagt hatte, fiel ihm wieder die Ebbe in seinem Portemonnaie ein. Aber soviel konnte schon noch zahlen.

Alex hatte so ein Gefühl, dass es besser sei, sich nicht mit diesem Mann in der Öffentlichkeit zu zeigen. „Ich nehme Ihr Angebot gerne an. Ich bestelle etwas. Vom Italiener?"

„Gerne. Ich nehme eine Pizza Hawaii. Die gibt es doch noch?"

Eigentümliche Frage, dachte Braun. „Ich denke schon." Er bestellte neben der Pizza Hawaii noch eine Calzone. „Kommt in etwa zwanzig Minuten", erklärte er seinem Gegenüber. „Wie sind Sie auf mich gekommen? Ich stehe nicht in den gelben Seiten."

„Ich habe mich erkundigt. Sie genießen in den einschlägigen Kreisen einen gewissen Ruf."

„Ich weiß zwar nicht, was dieser gewisse Ruf sein soll, aber egal, was führt Sie denn nun zu mir?"

„Um es kurz zu sagen, ich benötige einen Computerspezialisten."

„Dass Sie keinen Bauarbeiter suchen, kann ich mir denken. Für welche Zwecke benötigen Sie diesen Computerspezialisten."

Herz zog den USB-Stick aus der Tasche. „Sehen Sie sich an, was da drauf ist. Sie sollen mir helfen, diesen Gegenstand in meinen Besitz zu bringen."

Alex steckte den Stick ein. „Was ist das?", fragte er, als das Bild auf dem Monitor erschien."

„So genau weiß ich das auch nicht."

„Ich soll Ihnen also behilflich sein, etwas zu beschaffen, von dem Sie selbst nicht wissen, was es ist? Demnach gehört Ihnen dieser Gegenstand also nicht?"

„Richtig. Ich bin nicht der Eigentümer. Aber derjenige, der ihn derzeit besitzt, ist genauso wenig der Eigentümer."

„Wem gehört er dann?"

„Gute Frage. Vermutlich wird er dem Land gehören, aus dem er stammt."

Es klingelte an der Tür. „Das wird unser Essen sein", sagte Alex.

Herz stand auf und kramte seine Geldbörse hervor.

„Warten Sie", bat Braun. Der Pizzabote musste seinen Gast nicht unbedingt sehen. „Geben Sie mir das Geld, ich gehe. Oder besser gesagt, ich rolle", feixte er grinsend.

Kurz darauf kam er zurück und gab Herz die Geldbörse. „Ich habe zwei Euro Trinkgeld gegeben. Lassen Sie uns essen. Bestecke sind gegenüber in der Küchenschublade."

Sie aßen schweigend. Als Alex die Verpackungen und die Bestecke eingesammelt hatte, erkundigte er sich: „Warum wollen Sie diesen Stab haben?"

„Vielleicht muss ich doch etwas weiter ausholen. Ich war mehr als zwanzig Jahre unschuldig im Gefängnis. Der eigentlich Schuldige ist im Besitz dieses Stabes. Der Stab ist vermutlich sehr wertvoll. Er wäre wohl eine Entschädigung, wenn auch keine wirklich angemessene. Aber in erster Linie möchte ich ihn als Druckmittel benutzen."

„Warum gehen Sie denn nicht zur Polizei?"

„Als ich mich das letzte Mal auf die Polizei verlassen habe, hat mir das zwanzig Jahre eingebracht. Aber um die Wahrheit zu sagen, ich habe keine Beweise, dass derjenige den Stab überhaupt hat. Der Stick stammt von ihm. Das ist alles."

„Nehmen wir mal an, dass ich Ihnen helfe. Was hätte ich davon?"

„Ich kann Ihnen da nichts versprechen. Ich bin einfach auf Ihre Hilfe angewiesen. Bisher unterstützt mich lediglich Christoph Leyendecker. Sie kennen Herrn Leyendecker?"

„Sie meinen den ehemaligen Leiter der hiesigen Polizei? Ich kenne ihn nicht persönlich, habe aber vor Kurzem seine Lebensgefährtin kennengelernt. Der unterstützt Sie? Weiß er, was Sie vorhaben?"

Herz schüttelte den Kopf. „Natürlich weiß er das nicht. Er käme doch in Teufels Küche. Er ist immerhin Polizist."

„Genauso wird es mir auch ergehen, wenn ich Ihnen helfe."

„Doch nur, wenn es herauskommt."

Braun lachte. „Da haben Sie allerdings recht. Aber erzählen Sie mir doch konkret, um, was es geht."

„Ich will es kurz machen. Sie kennen doch Bernd Ortwein?"

Alex nickte lediglich.

„Ich wurde verurteilt, weil ich seine erste Frau umgebracht haben soll. Ich bin überzeugt, dass er der Täter war. Nun ist vor einigen Tagen ein weiterer Mord geschehen. Sie haben sicher davon gehört, dass dieser Weltenbummler umgebracht wurde. Ich bin überzeugt, dass auch hier Ortwein dahintersteckt. Der Mord geschah, weil er diesen Stab in seinen Besitz bringen wollte. Wenn man nun beweisen kann, dass er hinter diesem Mord steckt, vielleicht ist es dann möglich, ein Wiederaufnahmeverfahren zu betreiben."

„Was erwarten Sie konkret von mir?"

„Ich brauche Zugang zu diesem Stab. Ich brauche jemand, der sozusagen seine Sicherheitsmaßnahmen überlistet. Alles andere wird sich dann schon finden."

„Ein aberwitziges Vorhaben. Aber ich gebe zu. Es reizt mich. Ich muss mir das alles überlegen. Sie haben doch Telefon? Lassen Sie mir ihre Nummer hier. Ich melde mich bei Ihnen."

„Das können wir aber nicht allzu häufig machen", sagte Ulla, „Sonst geht uns das Geld aus."

„Wir waren so lange nicht mehr in Urlaub, da haben sich durchaus ein paar Euro angesammelt", antwortete Christoph. „Ich habe allerdings nicht vor, das zur Gewohnheit werden zu lassen. Aber ich hatte heute so ein Gefühl, als würde hier im Parkhotel etwas passieren. Irgendwie sind unsere Ermittlungen, besser gesagt, Höbels Ermittlungen, etwas ins Stocken geraten."

„Ich könnte die Rechnung ja auch als Spesen einreichen."

„Da würde sich Peters freuen."

„Nimmst du wieder das Menü?"

„Das war sehr gut, aber ich werde wechseln. Ich bleibe zwar beim Fisch, aber heute probiere ich den asiatisch zubereiteten Lachs. Und du?"

„Du weißt doch. Ich bin nicht sehr experimentierfreudig. Ich bleibe bei dem Steak. Da kommt ja der Kellner schon. Du wieder Weißwein?"

Ulla nickte.

Leyendecker orderte einen Weißwein und ein Bier und die beiden Essen. Die Getränke wurden auch gleich gebracht. „Sieh an, wie bestellt. Da ist ja Ortwein wieder. Er ist wieder in Begleitung dieser Frau."

„Ich glaube, wir können uns sicher sein. Die beiden sind kein Liebespaar. Das würde man erkennen. Das ist eindeutig eine Geschäftsbeziehung."

„Ich denke das auch. Aber erfordert diese Geschäftsbeziehung so viele direkte Treffen."

„Das liegt an der Wichtigkeit des Objekts. Was hat diese Peruanische Polizisten gesagt? Der Stab sei vergleichbar mit dem Heiligen Gral. Stell dir nur mal vor, jemand würde diesen Heiligen Gral anbieten. Der könnte fordern, was er wollte."

„Da kommt ja auch schon unser Essen. Das sieht wieder mal gut aus. Lass es dir schmecken."

„Du auch."

Während des Essens sagte Ulla: „Sie scheint dir zu gefallen."

„Wen meinst du?"

„Die Frau in dem roten Kleid."

„Du bist eine gute Beobachterin. Du hättest Polizistin werden sollen. Aber ernsthaft, sie sieht wirklich gut aus. Aber deshalb schaue ich nicht auf sie. Sie verhält sich irgendwie ungewöhnlich. Sie hat sich nirgendwo hingesetzt. Sie steht da vorne und tut betont unauffällig. Mir scheint, als würde sie Ortwein beobachten."

„Du kannst sie ja weiter im Auge behalten. Aber jetzt lass uns weiteressen."

Leyendecker hatte gerade das Besteck beiseitegelegt, als Ortwein aufstand. Er schien auf dem Weg zu Toilette zu sein.

Plötzlich war die Fremde in dem roten Kleid da. Sie stieß mit Ortwein zusammen. Es sollte den Anschein haben, dass das ein Versehen war. Aber für Leyendecker war es klare Absicht, denn die junge Frau hielt sich etwas zu lange an dem Mann fest. Leyendecker sah, dass sie sich theatralisch entschuldigte und sich dann auf den Weg zum Ausgang machte.

Leyendecker folgte ihr. Er brauchte sich keine Gedanken zu machen, dass er entdeckt würde, denn sie eilte zielstrebig nach draußen. Sie ging zum Parkplatz. Leyendecker folgte ihr, wobei er notdürftig Deckung hinter den parkenden Autos fand. Er sah, wie die Fremde auf einen Mann zuging. War das nicht …? Tatsächlich, Leyendecker erkannte Rudolf Herz, der da auf die Frau wartete.

Herz hatte eine seltsame Apparatur dabei. Die Frau reichte ihm nacheinander einige kleinere Gegenstände, die der Lebber in den Apparat einlegte.

Leyendecker sah ein bläuliches Licht. Es war so, als würde ein Laserstrahl die Gegenstände abtasten.

Herz gab ihr die Sachen zurück und sie ging zurück ins Hotel.

Leyendecker sah noch, wie sie in der Toilette verschwand. Als sie zurückkam, schaute sie nach dem Kellner. Der bediente gerade ein älteres Ehepaar. Sie wartete, bis er die Bestellung aufgenommen hatte, und ging dann auf ihn zu.

Währenddessen ging Leyendecker wieder an seinen Platz zurück.

„Was war?", erkundigte sich Ulla.

Leyendecker wollte gerade antworten, als der Kellner die Stimme erhob. „Es wurde ein Schlüsselbund vor der Toilette gefunden." Er hielt die Schlüssel hoch. „Falls der hier jemanden gehört, soll er sich bei mir melden. Ansonsten werde ich ihn bei der Rezeption abgeben."

Ortwein fasste sich in die Tasche. Dann hob er die Hand.

Der Kellner eilte zu ihm. „Sind das ihre Schlüssel?"

„Das sind tatsächlich meine. Ich muss sie vorhin verloren haben."

„So rum wird ein Schuh draus", sagte Leyendecker.

„Was meinst du", erkundigte sich Ulla.

„Sie hat ihm die Schlüssel geklaut."

„Er hat sie doch wieder."

„Die haben sie draußen kopiert."

„Wer sind die? War da draußen noch jemand."

„Du wirst dich wundern. Da draußen war Rudolf Herz, der Lebber. Er hatte so ein seltsames Gerät dabei. Sie haben die Schlüssel da rein gelegt. Vielleicht ist das so eine Art Vorlage für einen Drucker, der dreidimensional druckt. Heutzutage ist ja viel möglich."

„Das hätte ich Herz nicht zugetraut."

„Ich allerdings auch nicht. Das kommt mit Sicherheit nicht von ihm. Man hat ihn im Gefängnis wohl kaum auf dem neuesten Stand der Technik gehalten."

„Was glaubst du, was die mit den Schlüsseln vorhaben."

„Ich fürchte, nichts Gutes. Eigentlich sollte der Lebber doch seine Lehre aus dem langen Gefängnisaufenthalt gezogen haben. Wenn er so weitermacht, ist er bald wieder drin."

„Er ist erwachsen. Glaubst du, wir sollten etwas unternehmen? Schließlich ist Taschendiebstahl auch eine Straftat. Und da kommt mit Sicherheit noch was hinterher. "

„Eigentlich müsstest du das. Du weißt doch, die Polizei soll nach Möglichkeit präventiv tätig werden. Andererseits habe ich das Gefühl, dass das uns bei den Ermittlungen gegen Ortwein irgendwie helfen kann. Möchtest du noch einen Wein?"

Kapitel 9

Lautlos schloss sich das Garagentor hinter der schweren Limousine.

Die zwei dunkel gekleideten Gestalten waren kaum auszumachen.

„Er fährt fort, es geht los", flüsterte eine Stimme. „Die Frau ist schon länger weg."

„Und wenn er oder sie zurückkommt?", fragte eine Frauenstimme.

„Das müssen wir riskieren", sagte Herz und griff zum Telefon. Der andere Teilnehmer hatte auf den Anruf gewartet und meldete sich sofort.

„Er kommt zurück", zischte die Frauenstimme.

„Warte", bat Herz ins Handy. „Ich melde mich wieder."

Gemächlich fuhr der Wagen vor und Ortwein stieg aus.

„Er hat Lunte gerochen", mutmaßte die Frau.

„Warum sollte er das? Vermutlich hat er was vergessen. Da ist er ja wieder. Er fährt davon. Die Luft ist rein." Er wählte erneut die Nummer. „Du kannst jetzt abschalten. Komm mit", forderte er die Frau auf.

„Das Kontrolllicht der Alarmanlage ist aus. Das hat also geklappt." Der Lebber zog mehrere Schlüssel aus der Tasche. „Es geht etwas schwer", stellte er fest. Aber schließlich ließ sich der Schlüssel doch drehen und die Tür öffnete sich. Gespannt verharrten sie einen Moment. Aber die Alarmanlage schwieg. Alex hatte ganze Arbeit geleistet.

„Los rein da", forderte er seine Begleiterin auf. „Wir lassen die Tür angelehnt, falls wir schnell abhauen müssen.

Sie merkten nicht, dass ihnen eine weitere dunkel gekleidete Gestalt gefolgt war.

„Ich glaube, wir müssen nach unten", meinte Herz und leuchtete mit der Stablampe die Treppe hinunter.

Die Frau folgte ihm ins Untergeschoss, bis sie vor der schweren Tresortür standen.

„Die elektronische Sicherung ist wohl ausgeschaltet", stellte Herz fest. „Aber das hatte ich befürchtet. Ein Zahlencode. Da werde ich deine Hilfe brauchen."

„Besser, als dass wir einen Iris- oder Fingerabdruckscanner überwinden müssen. Lass mal sehen."

Rudolf Herz trat beiseite, und die Frau zwängte sich an ihm vorbei.

„Ich habe von diesem Modell gehört, aber noch nicht daran gearbeitet." Die junge Frau öffnete den kleinen Lederkoffer und holte ein Stethoskop heraus.

„Sind wir hier bei Sherlock Holmes gelandet?", fragte Herz.

„Du hast natürlich recht. Diese Technik ist längst veraltet. Es ist für ihn wohl nur eine zusätzliche Absicherung. Ansonsten verlässt er sich wohl auf die Elektronik. Diejenigen, die eine solche Anlage knacken können, kannst du an einer Hand abzählen. Wenn wir hier fertig sind, musst du mir den Namen deines Experten geben."

„Ich glaube, das wäre ihm nicht recht. Für ihn ist es wohl eine einmalige Angelegenheit. Ihn hat die Herausforderung gereizt."

„Es ist schwieriger, als ich dachte", erklärte die junge Frau. „Es ist kaum etwas zu hören."

Nach etwa einer Viertelstunde ertönte ein Knacken, und die Tür ging auf.

Sie trat beiseite. „Nur hereinspaziert."

Herz betrat einen fensterlosen Raum. Er fand auch gleich einen Lichtschalter, und das etwa fünfzig Quadratmeter große Zimmer war hell erleuchtet. Die Pracht, die ihm entgegenstrahlte, überwältigte ihn. „Das ist ja fantastich. Das muss ein Vermögen sein. Ich glaube, der Stab ist da vorne in der Vitrine."

Er hörte hinter sich ein kurzes Stöhnen und ein leichtes Poltern. „Ist etwas?", erkundigte er sich und wollte sich umdrehen. Da spürte er, wie ein Arm sich um seinen Hals legte. Dann folgte ein leichter Druck, und er sank ohnmächtig zu Boden.

Als er wieder aufwachte, hatte er zunächst keine Orientierung. Das Licht war ausgeschaltet, aber durch die geöffnete Tür fiel ein leichter Schein.

Er tastete nach dem Lichtschalter. Die Vitrine war geöffnet und der Stab verschwunden. Dann fiel ihm seine Begleiterin ein. Sie lag vor der Tresortür. Aber sie war nicht allein. Dort lag Ortwein, ebenfalls ohnmächtig. Wie kam der denn dahin? Was war hier geschehen?

Er schüttelte seine Begleiterin und schlug ihr leicht auf die Wangen. „Wach auf! Wir müssen hier weg!"

Schließlich schlug sie die Augen auf. „Was war da los?", fragte sie.

„Das weiß ich auch nicht. Komm! Wir müssen hier fort." Er ergriff ihre Sachen, fasste sie unter den Achseln und half ihr die Treppe rauf.

„Es ist schon gut", sagte sie oben, „es geht wieder."

„Dann nichts wie raus hier."

„Das darf doch wohl nicht wahr sein!", schimpfte Ulla. „Ich weiß, dass wir mit unserem Personal die Gegend nicht absperren können. Aber ich will, dass so viele Streifenwagen wie möglich unterwegs sind und jeden kontrollieren, der irgendwie verdächtig erscheint. Und ruft Höbel an! Ich bin schon unterwegs."

„Was ist los?", erkundigte sich Leyendecker, der gerade aus dem ersten Schlaf aufgewacht war.

„Die sagen, man habe Ortwein umgebracht."

„Der Lebber? So blöd kann er doch nicht sein."

„Hoffentlich haben wir keinen Riesenfehler begangen."

„Das werden wir bald erfahren."

Die blinkenden Warnlichter des Streifenfahrzeugs und des Notarztwagens, die den herbstlichen Nachtnebel anstrahlten, schufen ein unwirkliches Szenario.

Starck kam auf Ulla zu. „Im Untergeschoss. Karlchen wartet dort. Die Frau ist im Wohnzimmer. Der Notarzt hat ihr eine Beruhigungsspritze gegeben. Für Ortwein kam jede Hilfe zu spät. Wir haben Höbel benachrichtigt. Er ist unterwegs. Er hat die Spurensicherung bestellt."

Ulla ließ sich ein Paar Überschuhe geben. Eigentlich hätte sie vom Tatort fernbleiben sollen, denn die Tat fiel nicht in ihre Zuständigkeit. Darüber hinaus würden die Leute von der Spurensicherung wieder murren. Aber sie wollte es sich nicht entgehen lassen, einen Blick auf den Toten zu werfen.

Es war Ortwein. Das konnte man gut sehen, obwohl er ihr größtenteils den Rücken zuwendete. Aber sein Halbprofil konnte sie erkennen. Er lag vor einer geöffneten Tresortür. Was sich in dem Raum dahinter befand, sah man nur schemenhaft. Unter Ortwein breitete sich eine riesige Blutlache aus, die von einer Wunde aus seinem Hals stammte. Das Blut war noch relativ frisch, denn es hatte noch nicht diese dunkle Farbe angenommen, die sich nach dem Eintrocknen zeigt.

Allzu lange konnte Ortweins Ermordung noch nicht her sein. Eine Tatwaffe war auf den ersten Blick nicht zu erkennen. Vielleicht würde die Spurensicherung später fündig werden. „Komm wieder hoch", sagte sie zu Karlchen. „Sperrt das Treppenhaus ab, den Rest wird die Spurensicherung übernehmen."

„Wo geht es zum Wohnzimmer?", fragte sie Starck.

Der zeigte ihr den Weg. „Da drinnen sind Frau Ortwein und der Notarzt".

Lisa Ortwein saß auf dem Sofa, ein Glas Wasser vor sich.

Ulla stellte sich vor.

Der Notarzt war ein Dr. Herbert. „Ich wollte gerade gehen. Ich habe Frau Ortwein eine Beruhigungsspritze gegeben. Mehr kann ich nicht für sie tun."

„Wann sind Sie hier angekommen, und was schätzen Sie, wie lange Herr Ortwein schon tot ist?"

„Es muss wohl halb eins gewesen sein. Er kann noch nicht lange tot gewesen sein. Wenn Sie mich fragen, höchstens eine halbe Stunde."

Ulla wandte sich an die Frau. „Zunächst mein herzliches Beileid, Frau Ortwein. Ich weiß, das muss schlimm für Sie sein. Glauben Sie trotzdem, dass Sie mir ein paar Fragen beantworten können? Es ist möglicherweise wichtig. Wir dürfen keine Zeit verlieren."

Die Gefragte nickte. „Fragen Sie ruhig."

„Haben Sie gesehen, wer es war? Waren Sie dabei?"

Frau Ortwein schüttelte den Kopf. „Ich habe nichts gesehen. Ich bin nach Hause gekommen und habe mich gewundert, dass die Haustür offen war. Dann habe ich ihn da liegen sehen."

„Haben Sie Ihren Mann berührt. Waren Sie bei ihm."

„Ich glaube schon. Ich weiß es nicht mehr. Ich kann mich nicht erinnern."

„Das ist der Schock. Sie waren nicht zusammen weg?"

„Wie ich schon sagte, ich war bei einer Freundin. Ich bin vor ihm aus dem Haus. Ich glaube, er hat gesagt, dass er auch noch mal weg will. Ich weiß aber nicht wohin."

„Wenn es ihnen nichts ausmacht, warten wir gemeinsam hier auf meinen Kollegen von der Kriminalpolizei in Koblenz."

„Das macht mir nichts aus", antwortete sie leise.

Höbel und die Kollegen der Spurensicherung trafen fast gleichzeitig ein.

„Hallo Frau Stein", grüßte Höbel. „Damit hätten wir wohl alle nicht gerechnet. Konnten Sie inzwischen irgendwelche Erkenntnisse gewinnen?"

„Nicht wirklich. Todesursache ist offenbar eine Schnittwunde am Hals. Sieht so aus, als habe ihm jemand die Kehle durchschnitten."

Höbel nickte. „Parallele zu dem Toten in Cusco?"

„Wohl nicht so ganz. Sehen Sie sich den Toten an. Wenn ich mich recht erinnere, sagten Sie doch, der sei wie eine Opfergabe drapiert gewesen. Davon ist hier nichts zu erkennen."

„Was glauben Sie? Ein ganz normaler Einbruch, der aus dem Ruder gelaufen ist?"

„Es sind auf den ersten Blick keine Einbruchspuren zu erkennen. Aber dazu muss ich Ihnen noch etwas sagen. Christoph und ich waren vor Kurzem in dem neuen Hotel, das hier gebaut wurde. Da haben wir beobachtet, wie eine Frau Ortwein anrempelte und etwas gestohlen hat. Christoph ist ihr gefolgt. Sie hat die Sachen draußen einem Mann gegeben, der sie irgendwie gescannt hat. Später hat der Kellner dann bekannt gegeben, dass ein Schlüsselbund gefunden wurde. Der gehörte Ortwein. Der Mann draußen war Rudolf Herz."

„Und das haben Sie so einfach geschehen lassen?"

„Ich weiß, das war nicht gerade astrein. Aber wie Sie ja wissen, verdächtigten wir Ortwein, ein Mörder zu sein, ohne dass wir irgendwas beweisen konnten. Wir glaubten, dadurch käme etwas Bewegung in den Fall."

„Das kann man ja nun wirklich sagen, Bewegung ist in den Fall gekommen. Wohl mehr, als uns das lieb sein kann. Haben Sie Herz zur Fahndung ausgeschrieben?"

„Das wollte ich Ihnen überlassen."

Höbel griff zum Handy. „Dann werde ich das mal veranlassen. Haben Sie eine Personenbeschreibung."

„Ich habe ihn nie kennengelernt."

„Na gut. Es wird ja Unterlagen geben."

Einer der Spurensicherer kam vorbei. Er trug eine Plastiktüte mit sich, in der sich ein Messer befand. „Das hier haben wir in der Mülltonne gefunden. Sieht aus wie die Mordwaffe."

Höbel nahm die Tüte in die Hand. „Sieht aus wie ein gewöhnliches Küchenmesser. Die Klinge dürfte etwa zwölf Zentimeter lang sein. Da ist offenbar noch Blut daran. Fragen wir die Ehefrau, ob Sie dieses Messer kennt."

„Lassen Sie uns doch erst in der Küche nachsehen, ob es weitere Messer dieser Art gibt", schlug Ulla vor.

Sie gingen gemeinsam in die Küche.

„Der Messerblock", stellte Höbel fest, „die gleichen Messer und es fehlt eins. Das Messer stammt also von hier."

„Seltsam", sagte Ulla. „Ortwein überrascht den Einbrecher auf frischer Tat. Wie kann der dann an das Messer aus der Küche kommen. Er wird wohl kaum die Treppe heraufrennen, das Messer holen, und Ortwein sieht dabei seelenruhig zu."

„Das ist wirklich seltsam. Das einzige Szenario, das ich mir vorstellen kann, ist, dass sich Ortwein da bereits außer Gefecht befand.

„Das wäre dann wohl eiskalter Mord."

„Allerdings. Warten wir ab, was die gerichtsmedizinische Untersuchung ergibt. Vielleicht liefert die eine Erklärung."

Leyendecker schüttelte den Kopf. „Das traue ich ihm nicht zu. So blöd kann er einfach nicht sein."

„Vielleicht hast du dich auch gründlich in ihm getäuscht", gab Ulla zu bedenken. „Du hast ja selbst gesagt, dass sich die Beobachtungen von Ortweins Haus zu einer Obzession entwickelt hätten. Und wussten wir nicht beide, dass er die Absicht hatte, dort einzudringen? Wir haben es billigend in Kauf genommen, so heißt das doch in Juristendeutsch."

„In ein Gebäude einbrechen und einen Menschen umzubringen sind zweierlei Paar Schuhe, auch wenn sein Groll gegen Ortwein wohl berechtigt war. Ich könnte noch nachvollziehen, wenn Ortwein ihn überrascht hatte und es zu einem Handgemenge gekommen wäre, bei dem Ortwein getötet worden wäre. Aber gezielt in die Küche zu gehen, um ein Messer zu holen und dann den Mann zu töten. Das kann einfach nicht sein. Außerdem hätte er die Tresortür nie aufbekommen. Davon hatte er keine Ahnung."

„Das glaube ich dir sogar. Er muss Hilfe gehabt haben. Also muss es einen Zeugen geben. Den gilt es zu finden."

„Und wie soll das gehen? Er wird sich wohl kaum freiwillig melden."

„Da wird uns Herz wohl den Namen nennen müssen."

„Dafür müsst ihr ihn erst einmal haben. Vielleicht ist die Taschendiebin da ein Anhaltspunkt. Vielleicht ist diese Taschendiebin ja auch eine begabte Einbrecherin. Auch wenn sie nicht so aussah. Unter einem Einbrecher stellt man sich eher einen älteren Mann als eine junge Frau vor."

„Dann ist die vermutlich ebenso wie Herz untergetaucht. Trotzdem, ich werde mich in den einschlägigen Karteien mal umsehen. Aber jetzt lass uns noch eine Runde schlafen."

Ulla war noch nicht lange auf der Dienststelle, als ihre Bürotür aufging und Kai Peters eintrat. Der hatte ihr gerade noch gefehlt.

„Hatte ich Sie nicht auf diesen Rudolf Herz hingewiesen? Aber da haben wir nun den Salat. Glauben Sie nicht, ich würde meinen Kopf für Sie hinhalten. Und ich bin auch gespannt, welche Rolle Ihr Lebensgefährte bei der ganzen Angelegenheit spielt." Ohne eine Antwort abzuwarten, verließ Peters das Zimmer.

Natürlich, das wirft auch ein schlechtes Licht auf ihn als Leiter der Polizeiinspektion, dachte Ulla. Das wird seiner Karriere nicht weiter förderlich sein. Aber das war ihre geringste Sorge. Sie gab die Stichworte Einbrecher, weiblich, unter fünfunddreißig Jahren, ein. Aber der Computer zeigte keine Übereinstimmung.

Rudolf Herz würde wohl nicht so dumm sein, sich im Haus seiner Großeltern zu verstecken. Aber Leyendecker hatte keinen anderen Anhaltspunkt. Also suchte er das Gebäude auf.

Als er in die Nähe kam, sah er bereits, dass er hier nicht sein konnte. Die Tür war aufgebrochen und dann wieder notdürftig geschlossen und versiegelt worden. Trotzdem warf er noch einen Blick durchs Fenster.

Da trat ein junger Mann auf ihn zu, den er fast nicht erkannt hätte, denn er kannte ihn nur in Uniform.

„Sie sind es Herr Leyendecker", sagte der junge Beamte. „Ich nehme an, Frau Stein hat ihnen erzählt, dass ein Rudolf Herz gesucht wird. Das ist das Haus seiner Großeltern."

„Das weiß ich. Deshalb wollte ich einmal nachsehen. Aber die Kollegen sind mir zuvorgekommen. Ich nehme an, man hat Sie beauftragt, das Haus im Auge zu behalten."

„Ganz recht", bestätigte der junge Mann. „Aber es hat sich nichts getan."

„Ich glaube kaum, dass er noch einmal hier auftaucht. Aber man kann nie wissen. Ich darf mich dann verabschieden."

„Alles Gute Herr Leyendecker. Ich hoffe, Sie kommen bald zurück", hörte er noch, als er ging.

Als er zurückkam, traf er den roten Kater im Hof. „Ich dachte du würdest oben schlafen."

Schmeling gab ein ärgerliches Maunzen von sich.

„Bist du gestört worden. Komm mit hoch, da kannst du weiter schlafen."

Der Kater folgte ihm die Treppe hoch. Komisch, dachte er. Der Kater kann die Tür doch nicht hinter sich zugemacht haben. Wird wohl der Wind gewesen sein. Er öffnete die Wohnungstür. „Geh rein", forderte er den Kater auf.

Aber der Kater zögerte.

„Also gut, dann gehe ich halt vor."

„Da bist du ja endlich", sagte eine Stimme.

Leyendecker schrak zusammen und nahm unwillkürlich eine Abwehrhaltung ein.

„Lass den Blödsinn, du weißt doch ganz genau, dass du im Ernstfall keine Chance gegen mich hättest, alter Mann." Auf Leyendeckers Sofa saß der Lebber.

„Verdammt, was machst du hier?", entfuhr es Leyendecker. „Wie kommst du hier rein?"

„Dafür, dass ihr beide Polizisten seid, ist euch beim dem Versteck des Reserveschlüssels nicht viel eingefallen."

„Mach nicht noch mehr Blödsinn. Du hast dich schon tief genug reingeritten. Du solltest dich stellen."

„Ich habe einmal darauf vertraut, dass die Polizei die Wahrheit aufdeckt, das passiert mir kein zweites Mal."

„Du bist natürlich wieder einmal unschuldig. Mach dich nicht lächerlich."

„Ich gebe ja zu, dass ich eingebrochen bin. Aber heute Morgen brachten die Nachrichten, dass Ortwein tot ist. Das war ich nicht. Das musst du mir glauben."

„Ich habe dir schon einmal geglaubt."

„Ich habe Ortwein nicht getötet, genauso wenig habe ich seine erste Frau getötet."

„Wer soll es denn sonst gewesen sein?"

„Das weiß ich doch nicht. Jedenfalls war da noch jemand."

„Das glaube ich allerdings auch. Du hast doch selbst gesagt, dass du nichts vom Einbrechen verstehst. Wie hättest du die Tresortür aufbringen sollen? Deine Komplizin hatte zwar Ortweins Schlüssel geklaut. Aber wie Ulla sagte, handelte es sich ja um ein Zahlenschloss. War diese Frau mit dir da?"

„Das spielt doch jetzt keine Rolle. Jedenfalls war da noch jemand. Der hat mich irgendwie betäubt. Als ich wach wurde, lag Ortwein da. In den Nachrichten sagten sie etwas von einer Halsverletzung. Ich habe keine Halsverletzung bemerkt. Ich bin dann abgehauen."

„Und du hast den Stab mitgenommen."

„Der war weg. Dieser Kerl muss ihn mitgenommen haben."

„Wie so oft war es der große Unbekannte. Ist dir nichts Besseres eingefallen? Du musst dich stellen. Nur so hast du die Chance, dass man dir ein Wort glaubt. Wenn du die Wahrheit sagst, kann ein Arzt vielleicht feststellen, wie du betäubt wurdest. Aber dazu hast du nicht mehr viel Zeit."

„Ich werde mich ganz sicher nicht stellen. Du musst mir helfen."

„Wie stellst du dir das vor. Ich bin nicht im Dienst."

„Lass dir etwas einfallen. Ich melde mich wieder. Kann ich mich darauf verlassen, dass du mir nicht folgst oder gleich deine Kollegen rufst? Ansonsten müsste ich dich fesseln. Sieh es als Vertrauensbeweis, dass ich das nicht tue."

Die Tür schloss sich. Leyendecker hörte noch die Schritte auf der Treppe.

Weshalb hatte der Lebber ihn aufgesucht, obwohl er doch wusste, dass er gesucht wurde? Sagte er doch die Wahrheit. Er griff zum Telefon und rief Ulla an.

Der Lebber blieb verschwunden. Den alten Fiesta fand man auf dem Parkplatz des Supermarktes an der Koblenzer Straße. Vermutlich hatte ihn ein alter Bekannter aus dem Gefängnis abgeholt und gewährte ihm Unterschlupf. Vielleicht war es sinnvoll, wenn Höbel sich bei der Leitung der JVA erkundigte, ob der Lebber dort gute Bekannte oder Freunde hatte.

In der Nacht waren ganze drei Streifenwagen ausgerückt. Ulla ließ sich die Berichte kommen. Keine Besonderheiten, lautete das jeweilige Resümee. Ein paar Gramm Haschisch wurden sichergestellt.

Die uniformierten Kollegen hatten sich vermutlich inzwischen aufs Ohr gelegt. Ulla rief

trotzdem bei ihnen an, denn sie wollte sicherge-
hen, dass die nichts übersehen hatten. Es war nur
eine vage Hoffnung, aber bei ihrem zweiten Anruf erhielt sie eine Auskunft, die sie aufhorchen
ließ.

„Es ist die Nacht nichts vorgefallen", sagte
der Kollege zunächst, „es war wie immer. Außer
vielleicht, dass man nicht jeden Tag einen Diplomaten kontrolliert."

„Einen Diplomaten? Was war mit dem?"

„Er war mit einem Leihwagen unterwegs, den
er sich vor etwa zwei Wochen am Frankfurter
Flughafen geliehen hatte. Wir haben ihn weiterfahren lassen. Wir haben das Fahrzeug nicht
untersucht."

„Natürlich nicht. Das durften Sie ja nicht.
Haben Sie den Namen notiert?"

„Nein, es lag ja nichts gegen ihn vor."

„Schade. Sie können sich natürlich nicht mehr
daran erinnern."

„Vielleicht doch. Er hieß so, wie dieses japa-
nische Auto, Toyota."

„Ein japanischer Diplomat?"

„Ach was. Es war ein südamerikanischer. Er
hieß nur so ähnlich, wie dieser Toyota Corolla,
aber spanischer. Es fällt mir gleich wieder ein. Er
hieß Carillo. Genau, so hieß er."

„Sehr gut. Wissen Sie noch, aus welchem
Land er stammte?"

„Ich glaube, das habe ich vergessen.

„Könnte es Peru gewesen sein?"

„Wenn Sie es sagen. Ich glaube das war es."

„Fällt Ihnen sonst noch was ein."

„Sonst nichts."

„Haben Sie vielen Dank. Und entschuldigen Sie noch einmal, dass ich Ihren Schlaf gestört habe."

Ein komischer Zufall, dass in der Nacht ein peruanischer Diplomat hier im Westerwald auftauchte. So recht glaubte Ulla nicht an Zufälle. Hatte Herz gegenüber Leyendecker nicht behauptet, da sei noch jemand gewesen? Konnte das nicht dieser Diplomat sein?

Ulla rief Höbel an und teilte ihm ihre Überlegungen mit.

„Er hat den Wagen am Flughafen gemietet, also wird er wohl mit dem Flugzeug gekommen sein", fand Höbel. „Er wird also vermutlich von dort mit dem Flugzeug weiterreisen. Das wird sich doch feststellen lassen. Ich kümmere mich darum. Zumindest ist das eine weitere Spur. Auch wenn Herz unser Hauptverdächtiger bleibt."

Eine halbe Stunde später rief Höbel wieder an. „Morgen um dreizehn Uhr geht eine Maschine der Lufthansa nach Lima. Vor ein paar Stunden wurde ein Platz für einen Aldo Carillo gebucht. Ich glaube, wir sollten uns mit dem unterhalten. Ich bin morgen um neun Uhr bei Ihnen. Dann fahren wir gemeinsam nach Frankfurt und sehen uns den Kerl mal an."

„Sie wissen doch, mein Dienststellenleiter."

„Papperlapapp, es ist Ihre Spur. Ich lasse meinen Vorgesetzten anrufen, dass wir Sie brauchen. Dann bis morgen."

Höbel war pünktlich.

„Ich glaube, wir nehmen besser mein Auto", sagte Ulla, denn sie traute Höbels alter Karre nicht so recht über den Weg.

„Ich habe einen Dienstwagen", antwortete Höbel und schwenkte das Emblem eines BMWs.

Im Auto berichtete er dann von den ersten Ergebnissen der Spurensicherung. Am Totort wurde DNS von sechs Personen gefunden. Eine gehörte Herz. Weitere wurden Bernd Ortwein und Lisa Ortwein zugeordnet. Die vierte stammte vom einem Karl Berger, erklärte er grinsend. Die beiden anderen Personen waren nicht registriert. Allerdings wies die eine DNS-Spur frappierende Ähnlichkeiten zur DNS eines Mannes, der wegen Einbruchs mit Herz im Gefängnis gesessen hatte, auf.

„Wie nah?", fragte Ulla.

„Sehr nah", erwiderte Höbel. „Elternteil, Geschwister, Kind. Jedenfalls habe ich veranlasst, dass der Knastkollege beobachtet wird. Vielleicht haben wir Glück, und Herz taucht auf."

„Wenn da eine junge Frau gesehen wird, lassen Sie mir ein Foto zukommen. Ich habe so ein Gefühl, als würde ich sie kennen."

„Die letzte DNS können wir noch nicht zuordnen. Ich kann nur soviel sagen. Es handelt sich um keinen Mitteleuropäer. Ich glaube, mit unserem Diplomaten liegen wir gar nicht so falsch. Die DNS zeigt unter anderem indigene Vorfahren."

„Leider genießt er Immunität", bedauerte Ulla. „Wir können ihm also nichts anhaben. Er muss noch nicht einmal mit uns reden."

„Das ist nun mal nicht zu ändern. Warten wir ab, wie er sich verhält."

Sie parkten im Parkhaus direkt beim Flughafen. Sündhaft teuer, wie Höbel bemerkte. Sie würden aber nicht allzu lange bleiben. Und natürlich würden die Kosten erstattet werden. Sie landeten direkt bei den Abfertigungsschaltern der Lufthansa.

„Der Flug ist bereits aufgerufen. Aber es ist noch früh. Kaum Betrieb," stellte Höbel fest.

Höbel ging zu der Dame von der Fluglinie und zeigte seinen Ausweis. „Wir suchen einen Herrn namens Aldo Carillo. Er ist für diesen Flug gebucht."

„Lassen Sie mich nachsehen", bat die uniformierte Dame. „Da haben wir ihn ja. Er hat bereits eingecheckt."

„Wo kann er sein?"

„Vielleicht isst oder trinkt er noch was. Soll ich ihn ausrufen?"

„Das wäre sehr freundlich."

Höbel und Ulla setzten sich auf zwei der freien Sitze. Kurz darauf kam die Durchsage dann.

„Das muss er sein", sagte Ulla.

Ein Mann im dunklen Anzug begab sich zum Lufthansaschalter. Er mochte etwa vierzig Jahre alt sein. Di dunkle Haut und die Gesichtszüge deuteten eindeutig auf seine Vorfahren hin. Ulla wunderte sich, dass er doch relativ groß war. Eins achtzig würden es schon sein. Die federnden und kraftvollen Bewegungen deuteten auf einen trainierten Menschen hin. Er trug eine halb ausgetrunkene Flasche Cola in der Hand.

Die Dame deutete in Richtung der beiden Polizeibeamten.

Ulla und Höbel erhoben sich und gingen auf den Mann zu und zeigten ihre Dienstausweise. „Wir hätten Sie gerne gesprochen."

„Was kann ich für die Polizei tun?", fragte Carillo. Er sprach mit kaum vernehmbarem Akzent.

Ulla entschloss sich, direkt zur Sache zu kommen. „Bei uns in Hachenburg, das liegt im Westerwald, aber das wissen Sie ja vermutlich, ist ein Mord geschehen."

„Und da kommen Sie zu mir?"

„Sie waren in der Nacht dort."

„Richtig. Ich wurde ja von der Polizei kontrolliert. Bin ich verdächtig, weil ich nicht aus Ihrem Land stamme?"

„Keineswegs", antwortete Höbel. „Wir wüssten nur gerne, was Sie da gemacht haben."

Carillo zog seinen Diplomatenpass aus der Tasche. „Sie kennen doch die Gepflogenheiten.

Sie wissen, dass ich Ihnen nicht antworten muss."

„Das wissen wir. Aber es ist Ihnen doch unbenommen, auf unsere Fragen zu antworten."

„Was soll ich sagen, ich habe mich dort ein wenig umgesehen."

„Mitten in der Nacht?", fragte Ulla.

Ein überlegenes Lächeln erschien auf dem Gesicht des Südamerikaners. „Warum nicht mitten in der Nacht."

„Ich sehe schon, Sie wollen uns nicht antworten. Kennen Sie einen Bernhard Ortwein?"

„Wer ist das? Ist das der Tote?"

„Ganz recht", ergriff Höbel das Wort. „Frau Stein hat Sie gefragt, ob Sie ihn kennen."

„Ich kenne ihn nicht."

„Sie waren nie in seinem Haus?"

„Ich sagte doch schon, dass ich ihn nicht kenne. Wie wurde er getötet?"

„Man hat ihm den Hals aufgeschnitten, ähnlich wie einem Mauricio Pulgar aus Cusco. Denn kennen Sie wohl auch nicht."

„So ist es. Glauben Sie mir, ich brauche kein Messer, um jemand zu töten."

Ulla nahm ihr Handy zu Hand und zeigte Carillo ein Foto. „Wissen Sie, was das ist?"

Zum ersten Mal war bei dem Peruaner so etwas wie eine Regung zu erkennen. Sein Gesicht zeigte großes Erstaunen. „Das Ding habe ich nie gesehen. Sieht aus, wie eine goldene Stange. Was soll das sein?"

179

„Es gibt Leute, die glauben, dass das der Stab ist, den der Sonnengott Inti dem ersten Inka Manco Capac und seiner Schwester übergeben hat."

Inzwischen hatte sich Carillo wieder voll in der Gewalt. „Es gibt auch Leute, die glauben an den Osterhasen. Und jetzt lassen Sie mich bitte allein." Mit diesen Worten kehrte er ihnen den Rücken und ging davon. Er trank die Colaflasche aus und reichte sie einem Pfandsammler, der gerade einen Abfallkorb untersuchte.

Höbel eilte zu dem Mann hin. „Ich brauche die Flasche."

„Such dir selbst eine", erhielt er zu Antwort.

Höbel griff in die Tasche. „Reichen zwei Euro?"

„Gib schon her."

Ulla sah Aldo Carillo hinterher. "Da geht er hin. Ich bin sicher, dass er den Gegenstand im Gepäck hat, wegen dem all die Morde geschehen sind. Und wir können nichts machen. Vermutlich werden wir das alles nie wirklich aufklären können."

Höbel griff zum Handy. „Es ist nicht so, dass wir gar nichts machen können." Das Freizeichen ertönte. Dann schaltete sich der Anrufbeantworter ein. „Hallo Frau Santamaria. Hier spricht Lars Höbel von der Koblenzer Kriminalpolizei. Heute kommt eine Lufthansamaschine aus Frankfurt/Main in Lima an. An Bord befindet sich ein Mann namens Aldo Carillo. Vermutlich werden

Sie in seinem Gepäck einen Gegenstand finden, den manche für Intis Stab halten. Ich bin sicher, dass Sie im Umfeld dieses Mannes auch die Mörder von Mauricio Pulgar finden werden."

Lächelnd beendete er den Anruf. „Es gibt ein Land, in dem ihm sein Diplomatenausweis nichts nützt, und das ist Peru. Ich glaube nicht, dass er im Auftrag seiner Regierung unterwegs war."

„Lassen Sie uns zurückfahren", bat Ulla.

„Ist das nun das Ende?" fragte Leyendecker, als ihm Ulla vom Ergebnis der Dienstreise zum Frankfurter Flughafen berichtete. „Ist Herz nun aus dem Schneider?"

„Wohl noch nicht. Wir müssen abwarten, was die Untersuchung der Colaflasche ergibt. Ich bin mir aber ziemlich sicher, dass man eine Übereinstimmung mit der DNS am Tatort finden wird. Aber was beweist das schon?"

„Zumindest würde ein vernünftiger Anwalt berechtigte Zweifel geltend machen. Den Mord wird man ihm nicht beweisen können, und für den Einbruch, was wird er da schon bekommen?"

„Du vergisst, dass er wegen Mordes vorbestraft ist. Das wird sich wohl strafverschärfend auswirken."

„Das ist alles sehr unbefriedigend, zumal ich glaube, dass er Tanja Ortwein nicht umbebracht hat."

„Es gibt neue Nachrichten", teilte Höbel mit. „Heute in den frühen Morgenstunden wurde Herz festgenommen. Wir haben das Wohnhaus eines Mario Klein beobachtet. Dort wurde er gesehen und festgenommen. In seinem Umfeld befand sich auch die Tochter dieses Mario Klein. Sehen Sie mal nach. Ein Foto von der Frau müsste bei Ihnen eingegangen sein."

„Das ist sie. Das ist die Frau, die wir beobachtet haben, als sie Ortwein die Schlüssel geklaut hat."

„Dachte ich mir doch. Wir haben die Kleidung von Herz und ihr sichergestellt, die sie vermutlich am Tatabend getragen haben. Auf den ersten Blick ist darauf kein Blut zu sehen."

„Er hat Leyendecker also die Wahrheit gesagt."

„Vermutlich ja. Und da ist noch etwas. Auf der Tatwaffe sind keine Fingerabdrücke."

„Das beweist nichts. Die haben bei dem Einbruch doch vermutlich Handschuhe getragen."

„Ganz recht. Die haben wir auch sichergestellt. Auf dem Messer befinden sich keinerlei Fingerabdrücke. Es wurde abgewischt."

„Ich verstehe, was Sie meinen. Warum, hätte er sich die Mühe machen sollen, wenn er ja ohnehin Handschuhe trug."

„Genau. Herz oder seine Begleiterin sind also nicht die Mörder. Er sagte doch zu Herrn Leyendecker, Ortwein sei unverletzt gewesen, als sie ihn verlassen hätten. Gehen wir davon aus, dass dieser Carillo Ortwein, Herz und seine Begleiterin betäubt hat, er hat ja selbst zu verstehen gegeben, dass er eine Kampfausbildung hat. War der noch da, als Herz und die Frau abgehauen sind? Oder war da noch jemand? Haben wir jemand vergessen?"

„Was ist mit der Frau?"

„Welche Frau?"

„Sagte ich das nicht? Ortwein hat sich mehrfach mit einer Frau im Parkhotel getroffen. Wir haben angenommen, das sei geschäftlich gewesen. Vermutlich war es das auch. Es ging um diesen Stab."

„Wir müssen diese Frau finden."

Kapitel 10

„Sie kennen Bernhard Ortwein?"

„Sie meinen den Mann, den man tot aufgefunden hat. Den kenne ich allerdings. Er war mehrfach Gast in unserem Hotel. Sie waren doch auch schon bei uns."

„Richtig", bestätigte Ulla und zeigte ihren Dienstausweis. „Heute bin ich nicht als Gast, sondern in meiner Eigenschaft als Polizeibeamtin hier. Als ich neulich hier war, saß er mit einer dunkelhaarigen Dame zusammen. War die Gast Ihres Hotels?"

„Sie meinen, ob sie ein Zimmer bewohnte? Das glaube ich nicht. Allerdings müssten Sie da bei der Rezeption nachfragen. Haben Sie den Namen der Dame?"

„Darum geht es mir ja gerade. Ich suche diese Frau."

„Hat sie etwas mit dem Mord zu tun?"

„Nein, nein. Wir suchen sie lediglich als Zeugin."

„Das wird schwierig. Hier bezahlt so ziemlich jeder mit Karte. Aber soweit ich mich erinnere, hat immer Herr Ortwein gezahlt. Aber warten Sie einen Augenblick." Der Kellner winkte einen etwa siebzehn Jahre alten jungen Mann herbei. „Sascha macht eine Ausbildung bei uns", erläuterte er.

„Die Dame ist von der Polizei, erklärte er. „Du erinnerst dich doch an Herrn Ortwein."

Der junge Mann nickte bestätigend. „Er ist ja öfter hier."

„Erinnerst du dich auch an die dunkelhaarige Dame, die hier mit ihm essen war?"

„Allerdings. Eine sehr schöne Frau."

„Die Polizei sucht die Frau als Zeugin. Ist dir etwas aufgefallen, was der Polizei weiterhelfen kann."

„Nein, ich weiß auch nicht, wie die Frau heißt. Sie ist auch zu alt für mich."

„Rede nicht solchen Unsinn. Tut mir leid Frau Stein, dass wir Ihnen nicht weiterhelfen können."

Sascha deutete eine leichte Verbeugung an und wollte gehen. Dann zögerte er.

„Ist noch etwas?", fragte Ulla.

„Vielleicht ja. Ich war draußen auf dem Parkplatz."

„Hast du wieder geraucht?", unterbrach ihn der Kellner.

Ulla hob die Hand. „Lassen Sie ihn weiterreden. Du warst also auf den Parkplatz."

Sascha nickte. „Ich habe gesehen, wie sie in ihr Auto stieg."

„Konntest du die Nummer erkennen? Was war das für ein Auto."

„Deshalb ist es mir ja aufgefallen. Ich glaube, die Nummer begann mit NR."

„Für Neuwied", stellte Ulla fest. „Was ist dir noch aufgefallen."

„Es war ja gerade das Auto, das mir aufgefallen ist. Es war ein altes Auto mit einem H-Kennzeichen. Ein Zweisitzer. Ein englisches Fahrzeug, ziemlich klein. Ich glaube es war dunkelgrün."

„Das hilft uns sehr. Ist dir sonst noch was aufgefallen?"

„Ich glaube nicht."

„Das ist allerdings schon sehr viel. Ich danke dir."

Draußen rief Ulla Höbel an. „Wir suchen doch die Begleiterin von Ortwein. Ich habe da einige Hinweise. Sie fuhr einen englischen Oldtimer, ein Cabrio mit Neuwieder Nummer. Es ist vermutlich dunkelgrün."

„Das ist gut. So viele wird es da im Kreis Neuwied nicht geben. Ich lasse nachsehen und rufe Sie wieder an."

„Ich fahre jetzt zurück zur Dienststelle. Sie erreichen mich dort."

Nach etwa einer halben Stunde meldete Ullas PC den Eingang einer Nachricht. Gleichzeitig klingelte ihr Telefon. Es war Höbel.

„Das ging ja schnell. Sind Sie fündig geworden?"

„Ich hoffe schon. Es gab mehrere Fahrzeuge, die passen könnten. Aber nur eins ist auf eine Frau zugelassen. Ein MG, Baujahr 1962, in Racinggreen. Zugelassen ist er auf eine Katharina Neumann. Das Foto ihres Personalausweises habe ich Ihnen geschickt."

„Das ist sie. Kein Zweifel."

„Gut. Ich halte Sie auf dem Laufenden."

Der Antikhandel der Katharina Neumann lag in einer kleinen Gasse in Neuwied. Höbel hatte sich erkundigt. Die Kollegen vom Diebstahl hatten sie schon seit Jahren im Verdacht, mit gestohlenen oder geschmuggelten Kunstschätzen zu handeln. Die Verdachtsmomente hatten bisher nicht ausgereicht, um einer Durchsuchung zuzustimmen. Weil es hier allerdings auch um einen Mordfall ging, hatte Höbel dann doch einen Durchsuchungsbeschluss erhalten.

Die dunkelhaarige Frau saß in einem Sessel, der wohl aus den Sechzigern stammte. Vermutlich sagte man eher Lounge Chair. Zweifellos von einem bekannten Designer.

Sie kam auf Höbel zu. „Was kann ich für Sie tun?"

„Ich weiß nicht, wie ich es ausdrücken soll. Es heißt, es wurde ein goldener Stab angeboten, dem Vernehmen nach soll er von Inti stammen. Sie wissen doch, wer Inti ist?"

„Ich weiß, wer Inti ist. Dieses Märchen hält sich schon seit Jahren. Sie verschwenden meine Zeit."

„Ich würde mich gerne einmal hier umsehen", sagte Höbel und übergab ihr den Durchsuchungsbeschluss. „Er holte sein Handy aus der Tasche. „Dann mal los, Kollegen. Ihr könnt jetzt reinkommen."

187

Die Tür ging auf, und fünf Kollegen Höbels kamen herein.

„Seht euch um hier. Alles, was uns irgendwie seltsam vorkommt, oder für das keine vernünftigen Papiere vorhanden sind, kommt mit. Und natürlich der ganze Papierkram und alles, was mit EDV zu tun hat."

Frau Neumann griff zum Telefon.

„Jetzt nicht!", befahl Höbel.

„Ich rufe nur meinen Rechtsanwalt an."

„Später auf der Dienststelle können Sie telefonieren."

Berger betrat Ullas Zimmer.

„Hallo Karlchen", begrüßte ihn Ulla. „Was führt dich zu mir?"

Berger ließ sich auf einem der Stühle vor Ullas Schreibtisch nieder. „Ich war gestern Abend in der „Sonne"."

Das war ja nun nichts Außergewöhnliches. Ulla wartete, dass er weitersprach.

„Die Gisela war auch dort."

Ulla wusste nicht, wer diese Gisela war, aber Karlchen erklärte es gleich.

„Du kennst doch diesen Rechtsanwalt Hoffmann."

„Allerdings. Ich hatte gelegentlich mit ihm zu tun. Was ist mit dem?"

„Die Gisela, die arbeitet bei dem Hoffmann. Und gestern Morgen hat sie in den Terminkalender gesehen, und da stand Ortwein drin. Sieh sagt, sie hätte nichts von diesem Termin gewusst. Die führen den Terminkalender elektronisch. Jeder in der Praxis hat Zugriff. Es scheint, als hätte Ortwein direkt mit Hoffmann einen Termin vereinbart. Das muss wohl vor seinem Tod gewesen sein."

„Da spricht Vieles für, aus dem Jenseits wird er den Termin nicht gemacht haben. Wusste sie, worum es bei dem Termin ging?"

„Es stand nichts dabei."

„Trotzdem wäre es interessant zu wissen, warum er den hatte. Ich danke dir, Karlchen."

„Ihre Hehlereien und sonstige Gaunereien sind mir völlig egal Frau Neumann", erklärte Höbel, „darum mögen sich andere kümmern. Aber ich muss einen Mord aufklären, und Sie stehen ganz vorne auf der Liste der Verdächtigen."

„Nun halten Sie mal die Füße still", sagte Kurt Müller, der Anwalt den Katharina Neumann hinzugezogen hatte. „Meine Mandantin hat überhaupt nichts mit einem Mord zu tun. Sie haben ja noch nicht einmal erklärt, um welchen Mord es sich handeln soll."

„Das weiß Ihre Mandantin nur zu gut. Es geht um den Mord an dem Hachenburger Geschäftsmann Bernhard Ortwein.

Wir haben zunächst zwei Einbrecher verdächtigt, sind inzwischen aber zur Erkenntnis gelangt, dass die den Mord nicht begangen haben können."

„Und warum beschuldigen Sie meine Mandantin?"

„Der Ermordete besaß etwas sehr Wertvolles, das inzwischen verschwunden ist, von dem nur Wenige Kenntnis hatten. Diejenigen, die außer Ihrer Mandantin davon wussten, waren es nicht. Das haben wir überprüft. Also bleibt nur noch Frau Neumann übrig."

„Das ist doch Blödsinn", ergriff Katharina Neumann das Wort. „Es gab sehr wohl noch Personen, die davon wussten."

„Seien Sie doch still", bat Müller. „Meine Mandantin macht von Ihrem Recht der Aussageverweigerung Gebrauch."

„Warum soll ich die Aussage verweigern? Schließlich war ich es ja nicht", widersprach Frau Neumann.

„Ich möchte für fünf Minuten mit meiner Mandantin alleine sprechen", bat Müller.

„Also gut", stimmte Höbel zu. „Ich schalte die Mikrofone ab und gehe mir einen Kaffee holen."

Nach etwa zehn Minuten kam Höbel zurück.

„Lassen Sie die Mikrofone noch aus", bat Müller.

„Ich höre", erklärte Höbel und schaute Müller erwartungsvoll an. „Wollen Sie mir ein Angebot machen? Ich fürchte, das kann ich nicht entscheiden."

„Nun warten Sie doch erst einmal ab. Sie sagten vorhin, dass es Ihnen lediglich um die Aufklärung des Mordes geht. Meine Mandantin ist bereit, mit Ihnen zusammenzuarbeiten. Voraussetzung ist, dass das was Sie hier erfahren, nicht anderweitig gegen sie verwendet werden kann."

Höbel zögerte einen Moment. „Also gut. Die Mikrofone bleiben aus."

Der Anwalt nickte seiner Mandantin aufmunternd zu.

„Es war so. Ortwein hat sich an mich gewandt. Ich habe in gewissen Kreisen einen bestimmten Ruf."

Höbel war klar, welcher Art Ruf das sein würde. Er schwieg.

„Also, Ortwein hat sich an mich gewandt, weil er angeblich etwas sehr Wertvolles besaß. Es war so eine Art goldene Stange."

Höbel nickte. „Der Stab, der dem ersten Inka von einem Gott überreicht wurde."

„Sie sprachen ja bereits davon. Nun können Sie sich ja vorstellen, dass es für so ein Objekt nicht allzu viele Käufer gibt, zumal der Gegenstand ja illegal beschafft wurde. Und nicht viele Sammler haben das nötige Geld, um so etwas zu bezahlen. Wir sprechen da von etlichen Millionen. Ich hatte einen solchen Sammler an der Hand, dem ich hier und da schon mal etwas vermittelt hatte."

„Gegen eine entsprechende Vermittlungsgebühr", warf Höbel ein.

„Wir müssen alle leben. Mein Interessent wickelt solche Geschäfte nie persönlich ab, was auch in Ortweins Interesse lag."

„Heißt das, ihr Mandant wusste nicht, wer diesen Stab anbot?"

„Glauben Sie mir. Ich verstehe mein Geschäft. Das wissen meine Klienten nie. Ansonsten bestünde die Gefahr, dass das Geschäft an mir vorbei abgewickelt würde. Um Ortwein von der Seriosität des Interessenten zu überzeuge, habe ich ihm Fotos von einigen Objekten gezeigt, die ich ihm vermittelt habe.

Bei einem dieser Exemplare wurde er stutzig und aufgeregt. Er fragte, von wem ich es erhalten hätte. Ich habe gesagt, dass für mich solche Sachen der Verschwiegenheit unterliegen. Daraufhin stellte er mir ein Ultimatum. Entweder ich verrate die Herkunft, oder das ganze Geschäft platzt."

„Lassen Sie mich raten", sagte Höbel. „Das anstehende Geschäft war zu lukrativ, um darauf verzichten zu können."

„Sie sagen es. Ich hätte mich danach zur Ruhe setzen können. Ich musste in den Unterlagen nachsehen. Aber ich habe ihm den Namen schließlich verraten. Da wurde er plötzlich ganz still. Man sah, wie es in ihm arbeitete."

„Wie lautete dieser Name?"

„Ich danke Ihnen, dass Sie mich so kurzfristig empfangen haben", sagte Ulla.

„Kein Problem, ein Klient hat plötzlich abgesagt", antwortete Dr. Hoffmann. Ich habe eine halbe Stunde Zeit für Sie. Nehmen Sie doch

Platz. Trinken Sie einen Kaffee mit? Oder ist Ihnen Tee lieber?"

„Kaffe ist in Ordnung", antwortete Ulla und setzte sich auf den angebotenen Stuhl.

Nachdem Hoffmann über die Gegensprechanlage den Kaffee geordert hatte, fragte er: „Wie kann ich Ihnen helfen?"

„Ich habe gehört, dass Sie gestern einen Termin mit Bernd Ortwein hatten."

Das Gesicht der Sekretärin, die soeben das Büro mit einem kleinen Tablett betreten hatte, auf dem die Utensilien für den Kaffee standen, lief rot an.

Hoffmann wartete, bis die Frau wieder gegangen war, und antwortete dann. „Das haben Sie also gehört. Ich frage Sie besser nicht, von wem Sie das gehört haben."

„Es stimmt also", erklärte Ulla. „Darf ich Sie fragen, worum es da ging?"

„Fragen dürfen Sie immer. Nur mit der Antwort tue ich mich was schwer."

„Sie reden von Ihrer Schweigepflicht. Das kann ich gut verstehen. Aber ich gebe zu bedenken, dass Ihr Mandant tot ist, und wir versuchen, diesen Tod aufzuklären. Erfüllen Sie Ihre Loyalität gegenüber Ihrem Mandanten nicht eher, wenn Sie uns bei der Aufklärung helfen."

„Und was ist, wenn der Termin nichts mit seinem Tod zu tun hatte?"

„Können Sie das wirklich voll und ganz ausschließen?

Hoffmann seufzte. „Das kann ich leider nicht."

Ulla wartete geduldig.

„Also gut. Ich sage es Ihnen. Es ging um ein Testament. Das Ehepaar Ortwein hatte zwar einen Ehevertrag, in dem Gütertrennung vereinbart war. Frau Ortwein wäre im Falle einer Scheidung leer ausgegangen. Er wollte sich sicher sein, dass dies auch im Falle seines Ablebens so sein würde."

„Hat er gesagt warum?"

„Das hätte ich wohl gestern erfahren. Er sprach auch von Scheidung. Aber er konnte ja nicht mehr kommen."

Ulla trank ihren Kaffee leer. „Vielen Dank, Dr. Hoffmann, und das gilt nicht nur für den Kaffee."

Ullas Handy klingelte. Lars Höbel war dran. „Ich habe Neuigkeiten, die unserem Fall eine völlig neue Wendung geben."

„Ich auch. Wollen Sie zuerst."

„Nein Sie."

„Ortwein wollte sein Testament ändern. Er wollte seine Frau enterben. Und jetzt Sie."

Kapitel 11

„Die Musik ist ziemlich laut", stellte Höbel fest. „Hört sich an wie Opernmusik. Kommt mir bekannt vor."

„Verdi, der Triumphmarsch aus Aida", antwortete Ulla. „Ob das so passend ist? Sie wird die Klingel nicht hören. Ich versuche es trotzdem."

„Nichts rührt sich." Höbel schlug kräftig mit der Faust gegen die Tür. „Frau Ortwein hier ist die Polizei! Machen Sie bitte auf!"

Nach einer Weile hörten sie schlurfende Schritte. Dann erschien Lisa Ortwein mit einem Bademantel bekleidet an der Tür. Der Lippenstift in ihrem Gesicht war verschmiert. In der rechten Hand hielt sie eine halb leere Flasche Sekt. „Kommen Sie doch rein. Möchten Sie auch was trinken."

Die beiden Polizeibeamten folgten der Aufforderung. „Danke nein, wir sind im Dienst", erwiderte Ulla.

„Gibt es etwas zu feiern?", erkundigte sich Höbel.

„Wie man es nimmt", antwortete Lisa Ortwein, während sie sich auf das Sofa fallen ließ. „Was führt Sie zu mir? Ich habe Ihnen doch alles gesagt." Sie schien genervt zu sein und blickte ungeduldig drein.

„Kennen Sie eine Katharina Neumann?", fragte Höbel.

„Katharina Neumann?", wiederholte sie. „Ich glaube, das ist eine Geschäftspartnerin meines Mannes."

„Weiter kennen Sie sie nicht?", fragte Höbel nach.

„Sollte ich?" Sie nahm einen weiteren kräftigen Schluck Sekt aus der Flasche.

„Ich glaube schon. Ein halbes Jahr, nachdem die erste Frau Ortwein ermordet wurde, hat eine Lisa Kramer ihr eine goldene Sonnenscheibe aus dem fünfzehnten Jahrhundert verkauft, die ein Jahr vorher aus dem Museo de Arte Precolombino in Cusco entwendet worden war. Ihr Geburtsname ist doch Kramer?"

„Allerdings. Aber ich weiß trotzdem nicht, wovon Sie reden."

„Es wird Ihnen nichts nützen, das abzustreiten. Frau Neumann hat Sie eindeutig auf Fotos wiedererkannt. Und sie hat uns noch mehr erzählt. Als sie Ihrem Mann ein Foto dieser Sonnenscheibe zeigte, war der sehr verblüfft und hat darauf bestanden zu erfahren, wer diese Scheibe verkauft hat. Als er es erfuhr, sei er sehr wütend geworden."

„Und mehr noch", ergänzte Ulla. „Er hat sofort einen Termin bei seinem Anwalt gemacht, um ein Testament aufzusetzen, in dem Sie enterbt wurden. Und er würde sich wohl auch scheiden lassen."

Lisa Ortwein schwieg und trank den Rest aus der Flasche leer.

„Soll ich Ihnen sagen, was geschehen ist?", fuhr Höbel fort. „Sie waren damals bei einem Kunsthandel beschäftigt und Ortwein hat Ihnen diese Scheibe zum Kauf angeboten. Das war eine Nummer zu groß für Sie, aber das haben Sie ihm nicht gesagt. Sie haben einen perfiden Plan geschmiedet, um in den Besitz dieser Scheibe zu kommen. Sie gingen mit ihm aufs Hotelzimmer. Vermutlich hat er etwas zu trinken kommen lassen. Dann haben Sie ihm KO-Tropfen gegeben und er ist eingeschlafen. Er hatte Ihnen wohl auch erzählt, dass seine Frau an diesem Abend nicht zu Hause wäre. Es war daher ganz einfach. Sie haben sich seiner Schlüssel bemächtigt und sind nach Hachenburg gefahren, um die Scheibe zu holen. Damals waren die Sicherungsvorkehrungen noch nicht so wie heute. Sie brauchten nur aufzuschließen und die Alarmanlage auszuschalten. Dann ist etwas schiefgegangen. Tanja Ortwein ist aufgetaucht."

„Es war keine Absicht", nuschelte Lisa Ortwein. „Sie war auf einmal da."

„Genauso war es. Sie war auf einmal da und hat Sie überrascht. Sie haben Tanja Ortwein mit dieser Glasmadonna erschlagen. Dann haben Sie in aller Seelenruhe die Scheibe an sich genommen und sind wieder zurück nach Düsseldorf und auf das Zimmer, in dem Ortwein immer noch schlief.

Den Rest wissen wir alle. Dieser unschuldige Boxer wurde verhaftet und schließlich auch verurteilt. Indem Sie Ortwein ein Alibi gaben, verschafften Sie sich selbst eins. Alle Achtung, das war clever.

Als ihr Mann nun erfuhr, dass Sie die Scheibe verkauft haben, war ihm sofort klar, dass Sie seine erste Frau umgebracht hatten. Das würde er Ihnen nie verzeihen. Sie würden alles verlieren. Aber schlimmer war, dass man Sie für den Mord an Tanja Ortwein jederzeit zur Rechenschaft ziehen konnte. Sie konnten sich nicht darauf verlassen, dass Ihr Mann schwieg. Als Sie ihn ohnmächtig vorfanden, haben Sie die Gelegenheit genützt, und alle Ihre Probleme waren auf einen Schlag beseitigt.

Nun interessiert uns nur noch, ob Sie bei der Ermordung dieses Globetrotters auch die Finger im Spiel hatten."

„Es war einfach nur Pech, dass Bernd beim Verkauf dieser Stange ausgerechnet auf die Neumann traf. Und dass er die Scheidung einreichen wollte, war doch ungerecht. Schließlich verdankt er sein Erbe letztlich mir. Ohne mich müsste er immer noch nach der Pfeife seiner ersten Frau tanzen.

Aber mit der Ermordung dieses Globetrotters habe ich nicht das Geringste zu schaffen. Er hat öfter für Bernd Sachen aus dem Ausland geschmuggelt. Aber diesmal war er zu gierig geworden und hat im Nachhinein den Preis erhöht.

Daraufhin haben Bernd und Manuel ihn gefoltert. Dabei ist er gestorben. Den Stab haben sie dann doch im Bettgestell gefunden."

„Wer ist Manuel?", fragte Ulla.

„Ja, wer ist Manuel?" ertönte eine männliche Stimme.

Sie blickten auf einen athletisch gebauten Mann mit kurzen Haaren. In seinen mächtigen Händen sah die Pistole fast spielerisch aus. „Los, die Waffen auf den Boden," befahl er.

Ulla und Höbel sahen sich an. Ulla nickte leicht, und beide folgten der Aufforderung.

„Her zu mir!", befahl der Mann.

Sie schoben die Waffen mit dem Fuß in seine Richtung.

„Du warst hier, Manuel?" fragte Lisa Ortwein. „Hast du alles mit angehört?"

„Ich habe genug gehört", antwortete der Mann. „Es bleibt mir wohl nichts anderes übrig, als euch alle drei umzulegen."

„Ich werde nichts verraten. Tu mir bitte nichts", jammerte Lisa Ortwein.

„Das haben wir doch eben gehört. Du kannst deinen Mund nicht halten."

Lisa Ortwein schleuderte die leere Sektflasche in Manuels Richtung, der jedoch geschickt auswich.

Diesen Augenblick nutzte Höbel, um sich an die Beine des Neuankömmlings zu werfen.

Manuel schwankte und fiel nach hinten, ohne die Pistole zu verlieren.

Ulla warf sich auf den Arm mit der Pistole.

Manuel war einen Augenblick verblüfft. Aber dann grinst er. Ullas Gewicht schien für ihn überhaupt nicht vorhanden zu sein. Sie rutschte ab und die Pistole bewegte sich in Richtung ihres Kopfes.

„Sofort fallen lassen!", befahl Höbel. Er hatte seine Pistole ergriffen und hielt sie an Manuels Schläfe.

„Man muss wissen, wann es zu Ende ist", sagte der. Die Pistole fiel scheppernd zu Boden.

Höbel griff zum Handy. „Kommt und holt einen Mann und eine Frau ab und bringt sie in die Zellen!"

Ulla hatte dem mächtigen Kerl inzwischen Handschellen angelegt. „Sie sollten ein paar Sachen einpacken und sich etwas anderes anziehen", sagte sie zu Lisa Ortwein. „Ich komme mit Ihnen."

Eine Woche später

Leyendecker hob den Würfelbecher an.

„Du hast Gäste geladen", freute sich Berger, als er das Ergebnis sah. „Es ist schön, dass du wieder einmal hier bist. Es wurde aber auch Zeit, dass du endlich wieder unter Leute gehst. Dass du uns den Abend finanzierst, ist eine angenehme Nebenerscheinung."

Leyendecker gab der Wirtin durch Zeichen zu verstehen, noch eine Runde zu bringen. „Mit der linken Hand klappt noch nicht einmal das Würfeln vernünftig."

„Ist der Fall Ortwein denn inzwischen abgeschlossen?," erkundigte sich Karlchen.

„Wie man es nimmt. Lisa Ortwein hatte die beiden Morde ja praktisch gestanden, auf Anraten ihres Anwalts aber das Geständnis widerrufen. Man hat die Kleidungsstücke, die sie bei dem Mord an Ortwein trug, noch einmal untersucht. Man glaubt, dass die Blutspritzer beweisen, dass sie ihrem Mann die Kehle aufgeschnitten hat. Das ist nicht viel. Und ihr den Mord an Tanja Ortwein nachzuweisen, wird wohl auch schwierig. Es dürfte ein langer Indizienprozess werden.

In dem Truck von Specht wurde DNS gefunden, die man jetzt Manuel Marx zuordnen konnte. Er arbeitete für Ortwein. Er ist der Sohn des früheren Faktotums der Ortweins. Als Gerhard Marx in Rente ging, hat der dessen Aufgaben übernommen. Auch hier wird die Beweisführung schwierig. Ihr wisst doch: vor Gericht und auf hoher See …"

… sind wir alle in Gottes Hand", ergänzte Starck." Was ist mit diesem goldenen Stab?"

„Man hat diesen Carillo auf dem Flughafen in Lima verhaftet und fand den Stab seinem Gepäck. Die DNS-Probe, die Höbel am Frankfurter Flughafen sichergestellt hat, zeigt, dass Carillo im Anwesen der Ortweins war. Es scheint, als habe er dieses schon länger beobachtet und den Einbruch vom Lebber und seiner Komplizin genutzt hat, um dort einzudringen.

Der Stab wird in Peru untersucht. Er wurde mithilfe einer Prostituierten dem Führer einer seltsamen Loge gestohlen. Für diese Loge ist der Stab wohl das Symbol für Einfluss und Erfolg. Der Einfluss dieser Loge reicht wohl bis in die höchsten Kreise von Wirtschaft und Politik. In diesem Umfeld ermitteln die Peruaner weiter nach dem Mörder dieses Mauricio Pulgar. Falls der Stab wirklich echt ist, werden wir das vermutlich aus den Nachrichten erfahren. Das wird um die Welt gehen."

„Und dieser Lebber?", fragte Karlchen.

„Das ist das wirklich Erfreuliche. Er ist auf freiem Fuß. Er wird sich für den Einbruch verantworten müssen. Aber ich glaube, er wird Bewährung bekommen, denn es ist sein erstes Verbrechen. Ich bin sicher, dass sein Mordprozess wieder aufgerollt wird."

„Die Gläser sind leer. Spielen wir noch eine Runde?", erkundigte sich Karlchen.

„Klar", antwortete Leyendecker. „Starck fängt an."

Starck warf im dritten Wurf einen Dreier-pasch und reichte den Becher Leyendecker. Der legte nach dem ersten Wurf eine Eins raus. Beim zweiten Wurf stellte er sich so ungeschickt an, dass er die beiden verbliebenen Würfel vom Tisch scharrte, fing sie aber im Fallen auf und legte sie auf den Tisch. Sie zeigten jeweils eine Eins.

„Das gilt nicht", moserte Starck.

„Natürlich nicht", erwiderte Leyendecker und warf sie zurück in den Becher.

„Ist dir etwas aufgefallen?", fragte Karlchen.

Leyendecker schüttelte den Kopf.

„Du hast beide Würfel mit der rechten Hand gefangen. Du hast dich lange genug gedrückt. Die Schulter ist wieder in Ordnung. Es ist an der Zeit, dass du deinen Dienst wieder antrittst.

Leyendecker drehte den Becher mit der rech-ten Hand um. Es zeigten sich wieder zwei Ein-sen. „Geht doch", sagte er.